AQUARIUS

AQUARIUS

AQUARIUS

AQUARIUS

每個人心中都有一座島嶼，
藉文字呼息而靜謐，
Island，我們心靈的岸。

少女核

神小風

【推薦總序】

新星圖，正要羅列

甘耀明（作家）

二十一世紀以來，以台灣現代文學為研究的論文增多了。在中小學，體制教本對本土作品的編列比例躍升，寒暑假又有各種文學營，作家能見度高。遑論從年頭到年底的數百個文學獎，醉心於此的人絕對口袋滿滿。這是本土文學輝煌年代，寫手與作家幸福的時刻？

事實並非如此。在某些文藝場合，作家與出版社編輯聚一起時，總會說出最殘酷、最不忍的例子。總歸一句，純文學市場不好搞，至於細節，各有苦水，各自發揮。這不是唱衰，對此劇變尤感深切的資深作家們，最能體會，隱地感嘆本土出版業越來越難走了，陳義芝直言「文學潰散」，愛亞感嘆她目前一本書的初版兩千冊賣不完。

這樣的訊息太多，也不知「黑暗期」有多長，絕非抱著哭一哭就天亮了。這主因大環境改變，影響了讀者閱讀習慣。在上個世紀的七、八〇年代，文學書市場和現在的出版爆炸比較，算是「鎖國」狀態，外國翻譯書不少，但本土書佔了地利，吃香的很多。而且，那時的讀者帶著「硬派」功夫，閱讀的耐受性強，對艱深、篇幅長的經典文學能花時間讀完。解嚴之後，台灣書市如潰堤般湧入外國文學，九〇年代的電腦普及更影響讀者習慣，輕閱讀的時代來了，有了「網路文學」。網路文學比大眾文學輕薄，易消化，專攻青少年市場。閱讀發展至此，讀者的選擇太多了，嘴也很挑，不甜的水果不買，不會因掛上MIT就放入菜籃（網誌上常有人表態，不讀本土文學，一概讀國外作品；亦有人告誡，讀本土作品容易踩到「地雷書」），甚至轉頭就走。

套句狄更生《雙城記》裡膾炙人口的開場白：「這是一個最好的時代，也是一個最壞的時代。」事實上，台灣的閱讀市場依舊，如果查閱實體或網路書店的排行榜，不少的文學書上榜，而且年度排行榜不離小說類。當然，這些上榜的書籍十之八九以翻譯文學為主，本土書籍的光環只照在少數的暢銷書作家，本土文學孤單得像是空燒議題或無奈的安慰劑。然而，早在農漁特產品仍躲在保護政策下時，台灣閱讀市場已國際化，本土作者面對世界各地的秀異作品，是拓展自我視野的契機。往好處想，環境已成定局，如何整備態度與作品質量，才是我們未來的道路。

文學黃金年代的列車駛離了，新世代寫手才來到月台，火車還會來嗎？火車當然會來。文學可以靠一群作家創造時代的思維與流變，但寫作是個人的，強者能創造自己的列車，而不是搭便車。新人姿態萬千，活動力強，得給三本書或三年的成長期，好打造自己的火車頭。因此，期許成了面對他們的方法。然而，新人在哪？這是令人頭疼的問題。如果有人查閱「新世代作家群」圖像，每幾年被提出討論，發現他們像電子分裂，不確定、不穩定，隨時消失，留下來的又有多少？新人版圖，像是鬆動星圖，一閃而逝的流星居多，如何繼續寫下去，發光發熱，成為入此行最大考驗。

觀察這世代的作家，有兩項徵候，值得思索。

一、文學獎的迷思：這年代，新世代寫手要出頭，幾乎從文學獎搶灘，他們的第一本書是文學獎集結。台灣的文學獎越來越多，以高額獎金吸引人，本是好意，卻有不少寫手陷入追逐文學「獎」遊戲；亦有人整理出文學獎得獎公式，開班授課。文學獎應該檢討？沒錯。卻也冒出更多同質性的文學獎來攪和。參賽老手該自我約束？還是別跟獎金過不去。朱天心在評審某文學獎後語重心長地要一些常勝軍收斂，自省「初衷心」（朱天心之言也在網路引發了誰是「職業評審」的言論）。不可否認，該鼓勵新人投文學獎，淬鍊文筆，更該提醒他們及早爬出醬缸文化，免得自溺。得文學獎，誰多誰少、誰得大獎，不代表出身名校，誰還再執迷得下去才是問題。新世代作家們更有活力改變文學，但是，通過文學獎傳統機制窄門，易向既定價值靠攏，作品難免拘謹，甚至長成固定模子的扁平美貌。要像成英姝、陳雪這樣大膽野性，不通過文學獎的難見到。

二、生活經驗扁平：台灣幅員小，城鄉差距更小，大家生活經驗差不多。新世代寫手的學歷以大學居多，不少是碩、博士（這也是不少老手得寄生文學獎的主因），這些人因就學或工作，生活圈最後以大都市為主，生活經驗容易貧血與貶值，寫作不再倚重經歷，從圖書、新聞與古狗（google）轉化而來，像是「坐在咖啡館的夢想家」。這種寫法沒錯，資深作家也是如此。然而，老作家有時代轉折的資產經歷，相較之下，新人只好拿筆拜古狗大神。新世代寫手群的經驗與思維類同，如何消化醞釀題材，需要視野。況且，世代如此，已是普遍性，無須責難，唯有強者能趁勢而起，創造風格，擺脫不痛不癢的內容。這是新人的最大考驗。

寶瓶出版社推出「六人行」，這六顆新星是彭心楺、徐嘉澤、郭正偉、吳柳蓓、神小風、朱宥勳。他們有的六年級，有的七年級，橫跨年齡層十餘年。這六本作品，主要是小說，無論取材與語言，潛藏一股能量。假以時日，他們有可能羅列在文學星群，後續發展，令人期待。

這幾年來，散文與小說在類別混血外，也走到專業主題的書寫，比如旅行散文、飲食散文、同志小說等，經由專業知識、分眾經歷的包裝書寫，將作品導入個人風格，彭心楺（一九七四—）的《嬰兒廢棄物》走這一脈路徑，她有十餘年的護士資歷，在醫院看盡生離死別，將故事編織成書。毫無疑問，《嬰兒廢棄物》對護理工作的描摹詳盡、鉅細靡遺，宛如護理指南，對讀者來說這成為閱讀的另一種興味。

《嬰兒廢棄物》的節奏，採緩調的女音進行曲，嬰屍、難產、醫療疏失、藥物濫用、器官移植、植物人，每個題材背後傳遞的驚嚇指數，像是艾倫坡的驚悚小說，一再挑戰感官，緊繃閱讀神經。比如〈嬰兒廢棄物〉中的護士竊取嬰屍，帶「它」逃離醫院，卻發現無處可逃。比如〈人體產房〉中在雪地中難產的護士，荒謬的由牙醫以牙醫器材接生。比如〈忘了停頓的病房〉中一場錯誤又殘酷的貧戶截肢。或者，〈緩慢行進中的屍體〉運送大體回家。彭心楺的「護理小說」以寫實主義的筆法經營，文章結尾又接近「自然主義」，以中立旁觀的態度處理角色，甚至戛然而止，無須太多交代，總有股冷酷、無奈與寒涼的人生況味，更接近醫院前線的醫療景觀。這樣的風格在新人中具有識別度，也讓彭心楺成功跨出第一步。

徐嘉澤（一九七七—）在新人行列中，敢拚敢寫，出道至今，出書的質量均豐，小說散文皆行，書寫範圍涵蓋同志情慾、都市文化、家庭親情、童年懷鄉，是題材與類型通殺的人，後續發展看漲。《不熄燈的房》是精采的短篇小說集，徐嘉澤將以往駕馭小說的功夫與融會題材之法，再次鏗鏘出擊，技法不青澀。「鰥寡孤獨廢疾者」向來是作家最關注的人物。徐嘉澤不吝暴露企圖，以「廢疾書寫」的美學貫穿此書，融入自閉症、癌症、聽障、視障等題材，角色不外乎心靈版圖殘缺、肢體障礙到癌魔腐蝕，甚至被邊緣化的畸零人。

正因如此，《不熄燈的房》的書寫策略並不是戲劇性的廢疾驟降，而是人在殘疾之後的處世態度，如何融入家庭、人群或愛情的掙扎，沒有大幅度劇情，以心境轉折為主，向內的、定靜的、凝視生命態度的方式進行。這種「文火式」書寫，迴異於大火熱油快炒，沒有難倒徐嘉澤，反而成功展現火候。另外，廢疾書寫也正扣緊近幾年來流行的「敘事治療」風，將創傷外化，寫作者獲得新力量。在《不熄燈的房》中，〈三人餐桌〉、〈咧嘴〉、〈不熄燈的房〉在題材與手法上互為翻版，從口腔癌手術後下頦廢缺，到狗嘴遭鞭炮炸開後的顏殘，充滿情感的不忍與淡淡哀愁，透出徐嘉澤的書寫意念。然而，廢疾者逆境圖存，人是渺小，卻被現實逼得偉大，歷經掙扎與磨難，能否到達幸福的彼岸？書以《不熄燈的房》為名，隱藏了親情的觀照與微燈守護，這是最好的寓意。

小說承載議題的容積率較大，作者能在裡頭暴露個人隱私，無須在現實面善後。當然，這不足以說明新世代為何以小說為秀場，主因是讀者取向。我就聽過這樣說法，某出版人將散文集看作票房毒藥，現代詩尤烈。寶瓶出版社這次推出的六位新人中，唯獨郭正偉（一九七八—）以散文走秀，彷彿是硬派招式的拳腳功夫場子，他打緩慢的太極氣功。

郭正偉右臉「先天性顏面神經末梢痲痺」，從小自卑，學會定靜內觀。作為都市漫遊者的觀察身分，《可是美麗的人（都）死掉了》寫他自小的挫敗經驗，到入社會心境，主題有網路、吉他音樂、疾病、同志情慾與男體冒險。郭正偉作為社會性格的文藝青年，理想尚未成灰燼，也不知道下一場盛燃的柴薪在哪，文中瀰漫不確定感。《可是美麗的人（都）死掉了》是真誠的生活紀錄，動人之處在此，郭正偉大量暴露自身的「醜」與「怪」。以醜為美，以美為醜，是這世紀的審美標準，那種老是自陳情感、身體或道德完美的散文（尤其是高度讀者取向的），顯得刻意，也不真實。沒人是完整，殘病才是常態。誠懇（甚至大膽）呈現疾殘、情慾流動、膽怯害怕，成了另一種美學。《可是美麗的人（都）死掉了》走的就是這派路數，可貴的是，郭正偉不渲染自己，也不污化自己，更無須宗教式懺悔，有幾分，就說幾分，使得此書的出版更顯珍貴，有意義。

這幾年來，在電影、文學與社會文化議題上，常討論外籍配偶在台灣生活的面向。這些東南亞新移民，經過社會幾年來認同，不再被標籤化，不再是電桿上張貼的買賣廣告，她們是「新台灣之子」的母親。當然，或許是我們塗抹問題而已，這些外籍配偶的困境仍被壓抑在社會底層，吳柳蓓（一九七八—）便將這類怪現狀擺放在《移動的裙襬》。書中處處可見，青春豐美的外傭與外配，填補了「婆娑之洋、美麗之島」男性們的慾望缺口，成了機械子宮、活體充氣娃娃、人蛇集團賣淫的搖錢樹、殘缺男子的傭人。

然而，令人訝異的是，《移動的裙襬》並沒有因為處理相關議題而沉重，成了這類的主題書寫中，最生動有趣的小說。多虧吳柳蓓的語言活潑有特色、節奏明快，很會說故事，這是闖蕩江湖的最棒輕功了，令人羨慕的才女。《移動的裙襬》有幾篇幽默生動，不拖泥帶水，讀來大快人心，在台灣文壇，這種寫法向來甚少由女性出招，引人矚目，如〈吃李嬷的豆腐〉、〈印姬花嫁〉、〈魔法羊蹄甲〉、〈菲常女〉、〈傻瓜基金會〉等，讓沉痛的社會議題有了輕盈浮力，風格幽默、俏皮，卻不輕浮，甚至看得出來，外籍與外配的生命力強悍，不再是弱勢，穿透台灣法律與道德的鐵牆，經過多年的歷練與轉變，她們從羞澀新娘，成了掌權的老娘，蔚為奇觀。

好了，「七年級」的神小風（一九八四—）上場了。《少女核》以重量級的少女漫畫之姿降臨，給人另類的閱讀感。神小風向來以長篇小說出招，有意跳脫台灣文學獎以短篇小說為科舉競技，同時展演她對同世代文化的細膩觀察。《少女核》印證新世代的次文化，上網打怪、留連網路、手機重症，對流行文化高度敏感，卻對現實的世界焦慮徬徨，無法與父母應對，只能以謊言敷衍。這令人想起東洋味的「蘿莉泰」。「蘿莉泰」原本從納博可夫的名著《蘿莉泰》（Lolita）而來，是十二歲少女之名，經過日文流行文化浸潤，成了某種特定少女族群的代名詞。這群少女面貌青澀、裝扮可愛、衣著如漫畫的少女，甚至指拒絕跨越到成年者。日本味「蘿莉泰」成了青春期無限延伸者的代名詞，《少女核》就有幾分這種「不願長大成人」的味道。

《少女核》開始，張舒婷與張舒涵這對姐妹逃家後，敘事不斷插敘，將記憶拉回更年少時，這種拖著青春期尾巴不願割捨的「蘿莉泰」姐妹，在原生家庭是敵對關係，沉溺於網路聊天室，最後受引誘而離家。其中，張舒婷的愛情隨之而來，性愛也輕浮，屬於強烈肉慾的。至於妹妹張舒涵，則是精神的，內觀的人生。姐妹互為表裡，性格互補，也互相凌遲，這種設計目的，小說最後揭露的謎底像是電影《鬥陣俱樂部》的女聲翻版，一人分飾兩角。《少女核》虛虛實實，暗喻指涉，看得出神小風不甘將此流於故事表層，使得《少女核》內在結構多了些有趣的翻轉與意義，有待讀者深究。

「六人行」最後的壓隊人物，是二十出頭的朱宥勳（一九八八—）。他出道早，高中時以〈晚安，兒子〉拿下台積電文學獎首獎，卻因為該篇曾在網誌發表，違反徵文規定，資格遭取消。此案例成了文學獎投稿禁忌的活教材。事後，朱宥勳哂然以對，筆耕不輟，終於在四年後的今天交出處女作《誤遞》，算是扳回一城。《誤遞》依取材可歸納成兩類：愛情與親情。這樣的分法，頗符合朱宥勳自己對此書下的註腳：「有的時候他會悲傷，有時候不知道怎麼面對情人，更多時候和家人隔著冰峽遙遙相望。」愛情與親情是他目前生活焦點。也誠如他所言，《誤遞》有股淡淡哀愁，偶來的「悲傷」，或一瞬間不尋常的傷感。

親情與愛情常常是新人下筆之處，難免出現老梗，但是朱宥勳寫來不落俗套。愛情類的〈倒數零點四三二秒〉、〈白蟻〉、〈煙火〉等，朱宥勳用棒球運動、人類學作為寓意象徵，明陳生命的虛無，藉此形塑愛情觀。在親情類的〈壁痂〉、〈末班〉、〈墨色格子〉等，也用類似技法，手法巧妙。這反映了朱宥勳在寫作之途，越來越懂得現代主義文學的功夫，這與他在高中時期寫的樸實風格的〈竹雞〉，截然不同。現代主義文學在台灣是重要的脈絡，成就不少作家，如白先勇、張大春、駱以軍等人。朱宥勳的這種風格，隱約有了接承姿態，再加上《誤遞》彌漫老靈魂的陳述味道，使他在新世代中闢出一條自己發聲的獨特風格，特別顯眼。

以上這六位文學新人，一起出陣，隊伍壯觀，星光懾人。我想，給新人肯定之餘，也給寶瓶出版社更多掌聲。在今日多數出版社視新人出版為寒冬顧忌的年代，寶瓶出版社讓新人擁有麥克風與舞台，是多麼溫暖之事。

少女核

目錄

1 和妹妹一起去的那個地方

我多麼想離開自己。

離開現在的自己，到很遠的地方去。沒有人認識自己的地方，或許是永遠都天氣晴朗的地方，只要想就可以隨時看到海或山的地方。用勞力換取生活所需，跟很多人交換目光，而我們從來不曾認識。

妳願意跟我一起去嗎？

在那裡，我們或許可以做一對貨真價實的姊妹。

——傳送簡訊　Y／N

1 和妹妹一起去的那個地方

好像是下雨了。

我聽見雨的聲音滴答著，從車窗外蔓延開來，隨著車子的行進，整個世界彷彿都在嘎吱嘎吱的響。我緩緩張開眼睛環顧車內，真的沒有人了，空盪的座位上只剩下我，什麼也沒有，我望著前方司機模糊搖晃的背影，忍不住眼皮又開始往下沉，卻怎麼樣都睡不著。

這輛公車要去哪裡？

我轉頭望著坐在我身旁早先睡去的妹妹，她已經醒了，又像是沒有真正睡著似的張大眼睛，盯著窗外不斷流逝而過的街景，一顆雨滴緩緩從她眼前滑過。

「到這邊的路都還認識嗎？」我開口問她，妹妹遲疑一下點點頭。

那就再繼續坐下去。我猶豫了許久還是沒有把話說出口，但即使我不說出口，我們心裡也都知道的。還不行，還要再遠一點兒，不管到哪裡都沒關係，地點不重要，只要到一個徹底陌生的地方就好了。

我不清楚到一個陌生的地方需要帶些什麼東西。一切都沒了，我們必須以一個空白的時間為始，到陌生的地方存活。丟掉一切，我是指丟掉足以想起些什麼的一切，丟掉所有行李，曾經站在浴室裡刷過的牙刷，流過淚的被窩，攤開課本躲在底下畫漫畫的桌子，那些充滿味道的房間，「我們」的房間。所有跟過去有關的一切都要被丟棄，被背叛。我們必須主動離開這一切。

我轉頭望向窗外，雨把一切滴成模糊的倒影，伸手試圖在車窗上寫了幾個字，在還沒來得及看清楚之前又抹去了。

這裡是什麼地方呢？

我是個不太會過生活的人，包括對於周遭的細節，離家一公里以外的路就不認得了，雖然說這點對於現在的狀況恰巧是好的，但歸根究柢仍是習慣問題，生活在太便利的都市裡，下場就是會太過於依賴公車和捷運，以至於讓自己常常處於迷路的恐懼狀態，總是想著捷運每站都停，公車只要上了就能抵達你要的站。這是多麼好的事情，還有什麼路是只要你上去了，就可以輕易到達的呢？可以坐在上面看書打簡訊玩撲克牌張開嘴巴睡覺，如此輕鬆容易，重點是可以確信能抵達想要去的地方，多麼好的一件事。

如果想要去的那個地方沒有出現，那就自己創造一個吧。

車子慢慢的停下來了，我朝妹妹望望，確定該拿的東西都拿了才安心下車，要拿的行李不多，包包裡只塞了存摺圖章等有的沒的基本配備，或許還有其他無用的雜物，我記不太清楚了，但足以讓我們依存著活下來的東西，最重要的其實也不過就是錢而已。

除此之外還有什麼呢？我想不起來，再也想不起來了。

下過雨的空氣很潮溼，土壤也是，迎面而來的不適像緊鑽入鼻腔的蛇般溼黏纏繞，我忍不住打了個噴嚏，隨著妹妹踏出車門，才一離開車廂，身後的公車就毫不猶豫的快速開走了，我回過頭只能看到它的車尾巴，像是不容許我們反悔般迅速開走了。

眼前是一小片廢棄的公園，褪色的大象溜滑梯和斷了鍊子的鞦韆縮在一旁，在公園裡形成大部分的陰影，一點也勾不起人想去玩的欲望。我們下車的地方就在入口旁邊，站牌上的付費廣告和站名已經斑駁，什麼也看不清楚。公園兩旁破敗低矮的門戶緊緊相連，紅磚道彷彿無止境的向外延伸，狹小的街道上漫著濛濛霧氣，一眼望去看不到路的盡頭，我們當真來到了一個陌生的地方，和熟悉的城區相比簡直是兩個世界，但這就是我想要的啊。街道對面橫著遠遠的橋不知通往哪，橋旁長滿了幾乎高過人頂的草，亂蓬蓬的一整叢。

這裡是鬼屋，我們兩隻落單的鬼像闖入別人的故事般，膽怯又忍不住興奮的東張西望，對於這個即將展開生活的新地方，試圖發現它有多麼適合我們。

「走吧。」

我用力吸了一口冰冷的空氣，妹妹仰著頭緊盯甫下車的那個站牌，看也沒有用，失去公車的站牌已經毫無意義了，我走向前去想把她拉過來，猶豫了幾下最後還是開口喚她。

「走了，我們沒太多時間。」

妹妹沒說什麼，面無表情的回過頭來。我轉身往住宅區裡走，走得不快也不慢，藉著一旁汽車後照鏡窺視妹妹已經跟上來了，才放心繼續邁開步子。

我還沒學會怎麼樣才能牽起妹妹的手。

沒做好準備的新生活，還是先從熟悉的食物開始比較妥當，我和妹妹走進連鎖速食店分別點了可樂和薯條，在角落佔了一整張桌子，攤開隨身攜帶物品倒在桌上，開始一一檢視著。

「存摺，圖章，提款卡。」我翻開存摺打量著上面的餘額，忍不住嘆了口氣，誰也沒把握這些錢能讓我們撐到幾時，看來第一件事就是要想辦法賺錢了。

我們要住哪裡？妹妹問。

我抓抓頭，在來之前我們完全沒有設想過，本來就是嘛，說好了要到一個完全陌生的地方，怎麼還會去先打聽租屋資訊？

「等一下去附近找找吧，不然市公所那邊總會有布告欄。」

你知道這裡的市公所在哪？妹妹沒好氣的望著我。

「不知道，但是可以問人啊。」

我刻意裝出輕快的口氣，妹妹抬頭想說些什麼又低下去了，一臉凝重的翻著那本我才剛翻過的存摺，她現在一定在想著自己的姊姊怎麼這麼沒用吧，但我又有什麼辦法呢？要是有這種書就好了，《離家出走攻略手冊》或是《那些逃家孩子教會我的事》之類等等，應該會大賣吧，至少現在的我會毫不考慮的買一本下來，最好像那種戶外教學注意事項般，把應攜帶物品都條列下來，例如不要忘記攜帶防曬乳，因為在迷路的過程中可能會脫水而死，這樣說起來還是需要個鐵鋁水壺比較實際。手帕衛生紙就不用說了乖孩子本來就必須帶，才不會像我現在努力想破頭，老是神經質的覺得自己一定忘了帶什麼重要的東西，一個關鍵性的，沒有它就不行的東西。

到底是什麼東西呢？我腦袋裡只有錢這個字，這東西錢應該買得到吧。

妹妹從包包裡掏出一枝鉛筆，在麥當勞的牆上寫下「窮圖末路的兩人」（圖還寫錯，是「途」，我糾正時她一臉不爽），然後畫了一個箭頭指向我們。

我用力吸完最後一口可樂，吸管的頂端已經被我咬爛，底部搔刮著乾了的紙杯底發出難聽的聲音，接著我用力叩叩叩穿刺出一個洞，扔進垃圾桶。

我們沒有窮途末路，那是電影裡不得已要亡命天涯才會用的句子，我們是自己選擇站在這條路上的。

※

租屋廣告都是滋長在房屋邊緣的。太陽有點大，我們緊挨著彼此再度鑽進那些狹窄的巷弄，簡單的標語附上房東潦草的電話，我們拿出手機站在屋簷下一個個打，陽光把說出口的那些言語都融化了，變成焦躁的汗從額頭上滴下來。

妹妹在某個樓梯口坐下來，小心避開身旁的蜘蛛網，這地方真是骯髒透了。她指向附近一家豎起骯髒招牌的網咖店。

「妳以為我沒想到這件事嗎？」我沒好氣的低聲埋怨，的確，誰不知道用網路找房子會比較快，但不行，這樣一切就沒意義了，至少對目前的我來說絕對不能上網，要依靠自己去生活才行，我對著接通的電話試圖分辨房東濃重的鄉音，夾在對話裡變得更刺耳了。

找房子固然麻煩，但溝通更加麻煩，直到我終於找到一個稍微可以溝通的房東時，天已經快要黑了。房東穿著襯衫人模人樣的出現在樓下，一臉沒有睡飽的樣子滿是倦容，見我們來了也不多說些什麼，抬起下巴指點我們上樓，那種動作我太熟悉了，像叫狗，一副眼前的傢伙不過是個孩子沒必要多講什麼，光用下巴或眉毛就可以應付我們，這種人滿街都是，彷彿一眼看穿眼前的人值不值得浪費時間應付，是人類必備技能之一。

我努力裝出一副可靠的樣子，跟著房東爬上樓梯，心裡不斷告訴自己不要太挑，只要乾淨便宜就好，只要能活下去就好，這才是現階段最重要的事情。

樓梯已到了盡頭，出現的是一間頂樓加蓋的鐵皮屋，彷彿連多做裝飾都懶的立在那兒，天氣熱連門把都是滾燙的，鐵皮屋旁的空間擺滿了大大小小花盆，大概是房東自己種的吧，旁邊還有一小塊類似菜圃的東西，淺淺的鋪著土，更外面豎起了一長條竹竿，上面不知是誰沒收的被單晃啊晃，一整片的白。

房東在計算機上按了幾個鍵亮給我們看，數字讓我暗自驚訝，這裡竟真那麼便宜，我不禁暗暗揣想起存摺上的數字可以讓我們住多久，可以撐到再不能撐的那個時候嗎？

「可是我不能租給妳們。」房東懶懶的說，瞄了我一眼。

「為什麼？」我看著他的下巴，跟他的臉一樣乾淨得沒有鬍渣，或許是他刮得太乾淨了看起來卻很不正常，像少了點什麼似的。

開什麼玩笑，我才不害怕這個人，我誰都不害怕。

「誰知道妳們是幹嘛的。」

「我們只是想住在這裡。」我聽見自己的聲音好乾，一股心虛的氣味蔓延開來發著抖，是我最討厭的味道。

可是不行，不能退縮的，我必須拿出大人的樣子來。

「妳們是什麼關係？」

「我們，」我連聽著自己的聲音都覺得心虛了，「我們是姊妹。」

「姊妹？妳跟她？」

「我們真的是姊妹啊。」我瞥了妹妹一眼，她趕緊大力的點起頭來。

「妳們到底是什麼我管不著啦，總之我只想告訴妳們我的原則。」房東一臉疲憊的靠著牆，懶懶的望著我們：「要跟我租房子只有一個原則，就是不要找麻煩，只要我的房客不要惹麻煩，價錢怎樣都好談，但不管妳們出了什麼事情都與我無關，也不要來找我，懂嗎？」

「我們做得到。」我很快的說。

訂契約的過程比我想像中簡單許多，只要在一張紙上簽名就好了，遇到這種必經過程難免讓人猶豫，但我還是把本名簽下去了，不要緊的。

「好。」房東從襯衫口袋裡掏出鑰匙放在桌上，像是完成了一件麻煩事般垂下肩膀，整個人頓時縮得好小，看都沒看就把契約書摺成兩半塞回口袋，揮揮手說：「那就這樣了，房間妳們去看一下，水電都可以使用，熱水因為跟我是相通的，所以我有得洗妳們就有得洗，旁邊是這一整層人的陽台，妳們要曬衣服也可以曬，不過沒有洗衣機，廁所要自己打掃，這樣懂了嗎？」

「好。」我點點頭。

「還有，如果要搬一些大型行李過來的話，請盡量晚上再搬不然會很吵。」

「我們沒有其他行李。」

「喔。」房東看了一眼我和妹妹手上提的包包，轉身走下樓去了，腳步聲在樓梯間響起好大的回音，我一直等到聽見他拉開自家鐵門又重重關上的聲音後，才終於鬆了口氣。

空洞陌生的回音，我們已經跟這棟房子簽了契約，無論是一個月兩個月還是許久許久，都代表我們當真要在這裡停留下來了，在可看見的日子裡。

當初不是就這樣說好的嗎？搭上一輛不知道目的地的公車中途下車，然後走進沒有人認識我們的地方，或許是永遠都天氣晴朗的地方，只要想，就可以隨時看到海或山的地方。用勞力換取生活所需，跟很多人交換目光，而我們從來不曾認識。只要這樣，我們就可以重新開始，就可以繼續一起生活下去了。

妹妹抓起鑰匙在手心磨蹭著，轉身就要進房門，雖然知道經過這麼漫長的旅途，她應該已經很睏倦了，我還是伸手拉住她。

「舒涵。」我說：「在進去之前我要再跟妳確認幾件事，我知道妳覺得我很囉嗦，可是我一定要再說一次。」

妹妹什麼也沒說，朝我點點頭。

「我們是姊妹，現在已經沒有後悔的餘地了，進了這間屋子以後就沒有理由後悔了，我是姊姊妳是妹妹，聽懂了嗎？」

妹妹盯著地板沒有抬頭，停了幾秒鐘就開門走進屋子裡去了，這或許是最恰當的反應了，聽到這句話的她該會是什麼表情呢？我無法想像。

「妳要記得，在這裡我們就是姊妹。張舒涵，妳一定要記住這件事，不然我們到這裡來就沒有任何意義了。」

噯，我一定要再說一次，不斷的說不斷的說，重複到不能再重複為止，好像說出來了以後，就真有這麼一回事。

房間不大，往前四大步往左五大步就走完了，空盪的屋裡幾乎沒留下什麼家具，裡面只有一張單人床，這倒也沒什麼，但特別詭異的是床就放在房間的正中央，不論走到哪裡一回頭就會看見床。我把兩個人行李袋裡的東西全都倒出來，跟著袋子一起丟到床上去，旁邊一張破舊的書桌靠著牆角，幾個木頭櫃裡堆滿了雜物，用塑膠袋包著層層疊放。

廁所被妹妹在門後面找到了，出乎意料浴缸非常的乾淨，潔白得像沒用過一樣，配上髒污的牆板跟水泥地，真有一種超現實的感覺，我試了試水龍頭，只滴出幾滴黑黑髒髒的水，除此之外什麼都沒有了，空無一物。

空無一物。

我和妹妹忽然像地震過後傾倒的建築物一樣，劈哩啪啦的倒在地板上，一倒下去就再也站不起來，也不管水泥地有多髒，只知道好累，好像全身的力氣都是為了要踏入這裡一樣，頓時消耗得乾乾淨淨，什麼事都不想再思考了。

「我們終於來到這裡了。」我說，感覺全身的肌肉都要裂開了一樣，連根手指頭也舉不起來，只能在地上亂摸亂抓，指尖碰觸到柔軟的物體，是妹妹的頭髮吧，我費力的把手指移開，就這樣兩個人躺在地板上，還真有姊妹的感覺。

只有我們，我聽見妹妹的呼吸聲，因為情緒起伏而變得清晰無比，像是要跳出胸膛般劇烈，我的呼吸聲應該也是跟她一樣的吧。我靜靜的躺著，聽著整間屋子裡充斥著我們巨大的喘氣聲，一呼一吸，然後交錯在一起。

這間屋子裡只有我們兩個人，終於只剩下我們了。我的腦裡不斷充滿了這樣的字句，無法再去思考其他的任何事情，終於沒有任何人可以再傷害我們了，包括我們彼此。

而現在回想起來，就覺得一切都是可笑無比，但那個時候我真的是這麼想的，堅定的想著無論怎樣的世界末日或天崩地裂，都沒有辦法毀掉這一刻了。

於是我躺在距離妹妹不到一公尺的骯髒地板上，安心的閉上眼睛。

※

「我拿房租來。」我說，對著那個被稱為房東的背影說話。

「噢。」背影點了點頭，還是沒有轉過身來，「妳是哪一家？」

「頂樓加蓋那一家。」我沒好氣的說，誰知道這裡還有幾百家。

「妳現在站在哪裡？」

「當然是你家客廳，不然我怎麼跟你說話？」

我不是故意要擅闖民宅的，只是不管怎麼按電鈴都沒有人理我，門鈴聲像鼻塞一樣發出難聽的悶哼聲，連響都沒響，正當我在猶豫該不該放棄的時候，就發現眼前的這一道門根本沒鎖。

不是沒有上鎖，而是根本沒有「鎖」，原本應該是鎖孔的地方不見了，像被挖掉的眼睛般剩下一個漆黑的洞，因此我輕輕一拉門就開了。這裡是房東的房間，原來他就住在我們樓下而已，為了以免之後付不出錢來，我決定趕快趁有錢的時候，先把房租繳乾淨。

「真是麻煩啊。」我聽見他微微不耐的聲音飄盪在空氣裡，彷彿我做了什麼錯事：「客廳那邊是不是有一張桌子？」

「是。」我就正站在這張桌子前面，連找都不必找，實在搞不清楚怎麼會有人把桌子擋在出入口，這樣不是很難行動嗎？

「妳找一下，上面有沒有一個筆記本。」

我狼狽的彎下腰來尋找，發現有一本淡藍色的東西捲曲在桌腳旁，不仔細看還真分辨不出來：「是這個嗎？」我用力的把那東西拉出來，是一本髒到不能再髒的國小筆記本，姓名和學號欄還填著薄薄的鉛筆字跡，只是什麼都看不清楚，上面黏著的不知是頭髮還是哪來的毛屑，髒得讓我一點也不想伸手幫它抹乾淨，這樣比起的話，我剛租下的水泥地板已經算乾淨許多。

「我找到了，然後呢？」我大聲喊。

「妳拿過來啊。」

我繞過桌子，開始緩慢的朝他那移動，這真可說是十分艱難的任務，因為從我一踏入這間屋子開始，視線可及的地方就全是垃圾、垃圾、垃圾！

從門口堆成座小山的衣物一路往室內擴散，四周不時有潮溼的腐敗味道傳來，接著是沒洗的碗盤和吃過的便當盒在地板上疊得好高，乾掉的泡麵渣已經在裡面結塊，呈現我從來沒有見過的顏色，然後是散亂的書跟報紙，還有大量的DVD攤在地板上，我看見其中一片清晰的印了個腳印，大量的黑色塑膠袋東一坨西一坨的掛著，裡面滿滿裝著我一點也不想探頭分辨清楚的異物。

他就坐在那堆垃圾之間，背對我臉朝著電腦螢幕，而在這個偌大的垃圾堆之中，明顯的有一條「通道」，剛好夠人可以踩過去，就從他的位置到廁所之間不長也不短，因為其他地方都被垃圾跟雜物掩埋了。

「這到底是什麼樣恐怖的地方啊。」我站到他的側邊，發現他依然穿著那件白襯衫，身上蓋著的棉被退至腰際，兩隻眼睛專注的盯著電腦螢幕。

我把筆記本和房租遞給他，他放開一隻手接過筆記本，另一隻手忙亂的到處摸著四周想找出一枝筆來，眼睛依然盯著螢幕。

「啊啊啊啊！等一下，要死掉了！」

他忽然大叫起來，我望向螢幕，看見上面是兩隊人馬互相交戰，對手正使出超華麗的戰鬥攻擊，整個畫面閃著彩色的光芒。這一招是天外飛仙，我嘀咕著，想也沒想的將手放在鍵盤上，按下Crtl+7使出盾牌，來擋下這一招攻擊。

「對！就是這樣，再來再來！」房東先生興奮的繼續下指令，手裡還緊緊抓著那一疊剛交出去的鈔票。我也不需要等他的指令，對手有三個人，我快速的打量一下畫面上的情況，要一次攻擊的最好方式就是魔法師大範圍攻擊，不過目前MP剩下不多，還是先讓魔法師幫前面的補血，再用騎士跟劍士一起交互攻擊，我還正在想的時候手已經先動起來，準確無誤的告訴同伴指令，補好血的騎士衝上前去一刀就把敵人砍了倒在地上，叮叮咚咚掉下一堆寶。

「不用撿了。」他制止了我的操作，把畫面停在那裡：「那些也不過是廉價品，一群小白趁我分心講話的時候攻擊我，擺明找死嘛。」

「你剛剛可是尖叫著快死了。」我提醒他。

「真麻煩，要不是妳跟我說話我根本就不會死。」他翻翻白眼，低頭在筆記本上抄記了些什麼，將房租塞進上衣口袋：「好了，謝謝妳的房租。」

「我以前也玩過這個遊戲。」我望著螢幕說。

「喔。」

「我以前都當魔法師的。」我指著螢幕裡那個正消失在邊緣的人物：「我沒有穿得這麼樸素，很華麗全身亮晶晶還露肚臍，最喜歡跟戰鬥型的同伴一起出任務，因為他們都很需要我，你知道嗎？每次幫忙補血的時候我都覺得自己很有用，少了我大家都會死。」

「魔法師才是不能一個人出任務的傢伙。」他盯著螢幕冷冷的說：「HP太低又沒戰鬥力，一打就死了。所以不是他們需要妳，而是妳自己一個人就會死。」

「才不是這樣。」我瞪他一眼。

「妳還有什麼事要說嗎？」

「樓上牆壁長了一個東西。」

「什麼東西？」

「一個凸起來的東西，從木頭隔間上長出來的。」我伸出手指彎成一個圓形比畫著：「圓圓的長這樣，大概有十元硬幣那麼大，像是屋子長一個瘤。」

這話是真的，隔天早上醒來我們終於有了力氣，正準備使勁的打掃屋子，我堅持要把床搬到角落才能睡覺，不靠著牆壁睡覺這件事令我覺得恐慌，妹妹雖然無所謂，但還是幫著我一起搬。沒想到床簡直跟生了根一樣怎麼都搬不動，試了幾回最後我終於放棄，想在屋子裡找面堅實的牆好在旁邊打地舖，就在牆壁上發現了這個玩意兒。

「那個啊。」房東先生又回到緊盯螢幕的狀態，一邊敲打著鍵盤一邊心不在焉的和我說話：「那個應該是『ㄏㄜˊ』吧。」

「『ㄏㄜˊ』是什麼？」

「很難解釋啊，類似蘋果核之類的東西，吃過蘋果吧？每個東西都有它的核心，桌子椅子包括天上的飛機都是，房子當然也有核心，就是它最重要的地方。」

「如果沒有『ㄏㄜˊ』會怎麼樣？」

「人沒有心的話妳覺得會怎麼樣？」他又翻了一次白眼。

「人也有那個『ㄏㄜˊ』嗎？」

「如果沒有的話，大概就會死吧。如果妳硬要把那個『ㄏㄜˊ』弄掉的話也無所謂，但我是不建議啦！因為會發生什麼事情誰也不能保證。」

「我明白了。」我說：「謝謝你告訴我這些，但其實你的意思是說，不管發生什麼事情都不要來找你，對嗎？」

房東先生臉上露出曖昧的表情，發出一絲混濁的嗯嗯啊啊不再回應我的話，我望向螢幕，發現又一場戰鬥開始了。畫面上光影交錯，我看好半天才看出他的角色是二轉後的聖騎士，一身盔甲閃亮亮正俐落的轉身出擊，我以前最喜歡跟著這種角色一起出任務了，漂亮又帥氣。

但那些都是以前的事了。

「這有這麼好玩嗎？」我試探的問著。

「這很無聊。」

「那你幹嘛還要玩？」

「因為現實更無聊。」畫面上的聖騎士繼續往更裡面走去，照理說還要打更高級的BOSS才能完成這個任務：「做什麼事情都要有所回應有所期待，再也沒有比這個更無聊的事情了。」

我想起他那個沒有鎖的大門，失去聲音的門鈴，正想要再多說什麼的時候，他就不再理我了。我的意思是說，可以感覺到他已經進入了那個世界，那本來就是應該的，聖騎士的世界就是他的世界。是覺得對我說得太多了吧，我悄悄的往後退，順著我之前清出的一條垃圾通道離開。

他仍然背對著我，彷彿我從未走進去過。

我回到家裡，整個屋子一片漆黑，我想起忘了跟房東說燈也壞了，只好趕緊把窗戶都打開，讓外面的光可以透進來。屋子裡淡淡浮起一層光線，我看見妹妹忽隱忽現的輪廓，她躺在正中央的床上沉沉睡著，為什麼她可以睡得著呢？在一個四周毫無依靠的地方？

我找到那個凸起的瘤，對著那個房東所謂的「ㄏㄜˊ」仔細再次端詳，發現妹妹用鉛筆把它圈起來了，拉了一條箭頭寫上「按下去就會爆炸」。

這樣很好，我默默的拉了條被子靠著那面牆睡去，就睡在那顆心的下方。

※

搬入新家已經過了三天，這件事情是我今天醒來才發現的。不知道自己睡了多久，好像一口氣把之前沒睡到的覺全部補完一樣，全身都很熱很脹，腦袋像沉在霧裡般迷迷糊糊，偶爾張開眼睛看見妹妹還睡在床上，就很安心的繼續倒頭睡去，床放在中央還是有好處的，我想。

我們已經有多久沒有這樣一起安穩睡去了呢？

醒來之後天還是亮著的，我決定出去買食物和一些生活必需品，畢竟這裡真的什麼都沒有。如果可以的話，順便再注意一下有沒有打工情報或徵人啟事之類的，還得去買燈泡來換，天總不能一直是暗的，再怎麼說都是要好好生活下去的吧。我盡量不想去想那些什麼「真的做得到嗎？」或「我們真的可以就這樣活下去嗎？」的話，那些都是廢話，光是想著這種東西戒慎恐懼著，就不用生活了。

這裡的巷弄對我來說依然陌生，我小心的一邊沿著巷子走一邊注意方向，走出來之後的馬路，就是當初我們下車的地方了。我看見那一塊站牌還在公園前孤零零的站著，越過去旁邊那座橋之後就走進社區裡了，有社區的地方就會有超市或商店街，所以根本不用擔心活不下去。我才發現原來我們住的公寓居然離社區有這麼大一段距離，有些後悔但也來不及了，怪不得它的房租那麼便宜。

我走到商店街裡去買食物，超市雖然乾淨又方便，但最大的缺點就是太貴了，而且不能殺價。雖然接近中午時間，但還是有些收得比較晚的攤子，這個時候去買應該是不錯的價錢吧。我蹲在一個攤子前挑起青菜來，腦袋不斷亂轉的是我該做什麼菜才好，我唯一會做的就是炒青菜跟炒蛋了吧，或許再加一個湯？我還在思索的時候，老闆就走過來了。

「小姐，看看喔！今天的菜都不錯。」

「今天只有這些嗎？」

「沒辦法比較晚了啊。」老闆搓著手說：「不過妳看起來還是學生吧，今天不用上學嗎？現在才剛過中午而已。」

真是囉嗦，果然到哪裡的攤販都一樣喜歡管人閒事，不需要啊，不需要勉強自己跟我說話的。

「是啊，」我說：「今天校長生日放假。」

「喔，所以來幫媽媽買菜嗎？」

「不是幫忙，是我自己要做飯呢。」我說，抓起眼前的一把不知什麼名字的青菜：「家裡爸媽都要上班，加班加到很晚，所以每天晚餐都是我準備的，每天一放學就得趕快回家做飯。所以也不能跟朋友去什麼遊樂場或速食店玩，不然家裡就沒有晚餐可以吃了。」

「真的啊，這麼辛苦喔。」老闆吃驚的瞪大眼睛。

「沒辦法人生是很艱難的。」我點點頭。

「妳是獨生女嗎？」

「還有妹妹，我還有一個妹妹。」我說得特別大聲。

「可是我怎麼之前都沒看過妳啊？」

「是老闆你不記得了吧。」我皺著眉頭說：「所以老闆不管你給我什麼菜我都可以煮喔，因為常常煮的關係我已經很熟練了，偶爾也想不出要做些什麼菜，所以你就推薦一下吧。」

老闆開始動手了，塞了滿塑膠袋的青菜蘿蔔遞給我。要命，這些是要我煮什麼菜？蘿蔔露了一大截在塑膠袋外面，我扯了一個微笑遞錢過去，都忘了注意屋子裡有沒有冰箱了。

「這個也給妳啊。」老闆從旁邊的箱子裡拿出一瓶養樂多，我不知道已經有多久沒有喝過這種東西了：「這是早上賣剩下的，就請妳喝吧。」

我接過養樂多，想了想還是得道謝，轉頭望著老闆堆放養樂多的箱子。那是用保麗龍做成的，記得以前家裡附近也常會有人拿著這種箱子來叫賣，不只賣養樂多，也賣很多小孩子喜歡的飲料。我跟妹妹都沒有錢，卻很喜歡黏在攤子前朝保麗龍箱子裡望，不知為何箱子裡有種不可思議的溫度，奇異的冰涼著。我們的手拚命的在箱緣磨蹭，想多吸收一點那種溫度進去。而老闆也不會趕我們走，就只是懶懶的坐在那裡，任我們這兩個孩子蒼蠅似的亂轉著。有次母親買完菜回來看到我們這副模樣，可能是嫌我們太貪吃，就掏出錢來想買一瓶。

母親掏出來的是一千塊，老闆卻找了四百九十二塊出來，母親大叫起來說你這個騙子。記憶到了最後，我已經忘記最後到底老闆有沒有還母親錢了，只是記得母親拉著我跟妹妹問，到底有沒有看到她拿出來的是一千還五百。

「是一千。」在我還拿不定主意要回答什麼之前，妹妹望著母親，口齒清晰的說：「是一千塊。」

喂！舒涵妳怎麼可以這樣呢？我在心裡大叫著，妳忘了老闆每次都讓我們摸那個冰冷的保麗龍箱嗎？不管我們挨多久他都不會生氣，放任我們去摸。妳現在這樣的行為，不是在背叛他嗎？為什麼妳可以說得如此天真無邪，那我到底該說什麼呢？是一千還是五百？

我望著等待我答案的母親，張開嘴巴卻說不出一句話。

「沒有用的東西。」母親說。

沒有用的東西，沒有用的姊姊。

我從來不知道老闆賣的養樂多是什麼味道，跟眼前這個老闆的會相同嗎？但只要讓我摸摸看那個保麗龍箱子，我就會立刻知道了，手裡握著那瓶逐漸變熱的養樂多，我盯著老闆的箱子想，那個溫度我到現在都還記得的。

有菜市場存在這件事讓我多少安了點心，至少民生問題暫時是解決了，旁邊的大賣場裡東西也算齊全，我穿梭在貨架間上下打量著，想買齊所有鍋子碗盤烹飪器具，獨自生活到底還需要什麼東西呢？我拚命的想著，結果卻買了一堆有香水味的衛生紙跟閃亮花紋的刀叉，還特別挑了成對的玻璃杯，玻璃上浮著可愛的草莓圖案。這些都是以前不可能做到的事情，不要說是拿自己喜歡的顏色或圖案了，就連挑選這個動作也不可能，現在簡直就像忽然遇上特價大拍賣似的慷慨起來，忍不住讓我戰戰兢兢。但認真去想就覺得這也無所謂吧，反正都已經重新開始了，我為什麼不能依靠自己的方式去生活？

街角玻璃窗映出我的臉，望著窗裡的自己，稍微試著笑一下感覺比較好看。好乾淨的玻璃喔。我才這樣想著，低頭就忽然發現，玻璃窗裡整齊擺放的東西居然是書，而且是我一直很想要的一本詩集。

那是一家書店。我在外面望了望，發現沒有招牌後就推門進去，而踏入的當下，我就立刻發覺這是家舊書店，一家二手書店。

說是發覺，不如說是感覺到的，那是一種氣味上的不同。通常書店裡有的是乾淨空白的味道，站在裡面深深吸口氣，會聞到清潔的香味，從書頁上緩緩滑過去，新紙漿的氣味從架子上一一散發出來，有時是像剛熨平的衣領那種透明氣味，全看書的種類而定，但大多數幾乎都像從手心裡發出來般純淨，最柔軟最幼細，彷彿翻開就能一切重新開始。

但是舊書不一樣，二手書店的味道，我光站在門口就可以聞到，那是人的氣味不是書的，如果說新書的氣味是從手心裡散發出來的，那麼舊書的味道就是從指尖發出的，或者唇瓣、腰際、腳趾間更或者腋下，任何人身體上可以想得到有皺摺的地方，而且不像新書的味道那麼乾淨，它是像網一樣密密的把整家書店給包裹住，氣味從每個字裡漫出來，畫過的鉛筆線或是不小心滴落的咖啡漬，更或者只是摺起來的一小角，都是專屬於那本書的主人身上的，也許是上上一個主人。各式各樣的氣味參雜其中，於是整家舊書店就這麼擠滿了人的氣味。即使它只不過是一間無人光顧的店。

櫃台裡有一個人趴著睡著了，大概是這個時段根本不會有人來吧。我輕輕的靠近玻璃窗，詩集就被擺放在外面的櫃子裡，我想摸摸看那本詩集，於是伸手碰了櫥櫃，發覺是鎖上的。鎖頭蒙上了一層薄薄的灰，看起來似乎許久沒動了，我轉過身回望櫃台，看見那人已經醒了，正張著眼睛愣愣的看著我。

「午安。」我說，因為我不知道在店員沒開口之前，該說什麼話才好。

「午安。」他說：「妳是小偷？」

「有小偷會這麼大方的站在這裡的嗎？」

「喔，不然妳是為什麼站在這裡的？」

「這裡是二手書店吧，所以站在這邊的我，不是理所當然應該是客人嗎？」我走近櫃台，這個店員看起來相當年輕，長長的劉海像有一層霧似的擋在眼前，眼睛裡的溫度很低，光是站在那裡，竟有種幾乎和整家店融合在一起的感覺，如果我從外面晃過去，一定不會察覺到這個人的存在吧。

「嗯，妳看起來不太像是客人。」

「不然客人應該長得什麼樣子？」

「這個……我也不太會說，但通常這裡是沒有什麼客人的。」他朝我露出微笑：「那妳有特別需要什麼嗎？」

「我想看看那個。」我指向玻璃窗旁的櫥櫃。

他探頭看了一下，接著用略帶抱歉的眼神望著我：「不好意思，那裡的書已經全部被人預訂了。」

「全部？」我忍不住大叫：「我只要這一本耶！」

「真的很不好意思。」他微微彎了腰再次跟我道歉，但是聲音裡聽不出任何抱歉的情緒，像只是單純的告知我這件事情一樣。

「既然沒有要賣人，那放在櫃子裡幹嘛？」

「這裡的書，本來都是沒有要賣人的。」他像是怕我不懂似的，耐心和我解釋：「更正確的說法是，也沒有人會來買這些書。」

我靠近那些書櫃，櫃子是很深很均勻的桃紅色，看起來相當新，至少比那些書新多了。架上的書完全都沒有整理過，我看見其中的《規訓與懲罰》和《如何使性生活美滿和諧》並排放在一起，像個課堂上乖巧的好學生。

「如果是這種書，誰都不會想買的吧。」

「不是這樣，每一本書都是很好的，只是用途上有所不同。」他像老師一樣耐心的跟我說明：「這些書也是，每一本都是被主人送過來的，因為不再需要了，所以花一點錢將書送來這裡放著，這樣對彼此都好吧，不管是對書還是對人。」

「你的意思是說，不是把書拿來這裡賣錢，而是花錢將書放在這裡？」我指著那本《如何使性生活美滿和諧》，書的封面是不知哪來的外國模特兒，光著身子互相摟抱：「如果是傅柯的那些書還有可能，可是，是這種書喔！這種書也會有人願意花錢放在這嗎？」

「不要看不起這種書喔。」他的語氣依然很溫和：「也許它剛拯救了一對即將分手的情侶，或是一個瀕臨破碎的家庭呢。要知道，有時候毀滅的關鍵也許只是陰莖無法順利插入，或老是一成不變的性愛等等。」

「所以呢？」

「所以為了表示感激，他們會願意花錢把這些書放在這裡，只要花少少一點錢就可以表達謝意，再也沒有比這更划算的事情了吧。」

「這麼說來的話，那放在那邊的詩集我也不能買囉？」

「對，但是如果妳希望的話，我可以拿出來給妳看一下，我相信那本書的主人應該是不會反對的。」

他慢慢走出櫃台，我驚訝的發現他的腳有一邊是跛的，只用另一隻正常的腳拖拉行走。他走到櫃子前面把鎖打開，拿出詩集交給我。

詩集跟我想像中的一樣薄，幾乎沒有任何損壞。黑色的封面鑲著金邊，是相當典雅又簡單的設計，我仔細確認這本詩集是我想要的那本之後，伸手交還給他。

「妳不翻開看嗎？」

「翻開以後也不能全部看完吧。」我老實的說：「那只不過會讓我更想要而已，所以還是算了吧。」

「說的也是。」他把詩集放回櫃子，緩慢走回櫃台後，想了想又拿出一疊白紙和筆推給我：「那麼，還是妳要把這些詩集抄起來？」

「可以嗎？」沒想到他會這樣提議，但這對我來說的確是比較折衷的方式。

「沒有人說不可以吧，雖然我不能把書賣給妳，但內容妳倒是可以帶走。」

我轉頭望向店外，玻璃窗外的天色已經暗下來了，隱隱透著街燈的光。

「糟糕，我可以下次再來抄嗎？我還沒買燈泡。」我想起最重要的一件事，妹妹不知道醒了沒：「你知道這邊哪裡有五金行嗎？」

「燈泡？」

「嗯，我需要一個燈泡。」

「燈泡嗎？」他抬頭望了望：「可以請妳把旁邊的椅子拿來給我嗎？」

我從牆邊搬了一張高腳凳來，看見他再度從櫃台走出站上凳子。雖然腳不方便，但站上去的姿勢倒是相當靈活，他舉起手把書店天花板的燈罩拿開，灰塵順著手的動作紛紛落了下來，他取下燈泡交給我，店內頓時一片漆黑。

「這樣可以嗎？」他說，我雙手握住還在微微發熱的燈泡，溫度從掌心慢慢擴散到全身，對著他拚命點頭。

「這個給你，謝謝你。」

我把手上已被我捏得溫熱的養樂多遞給他，他接了過來順手放到櫃台上，這樣我就永遠不用知道那罐養樂多是什麼味道了。

「歡迎妳隨時過來。」他仍是有禮貌的走向門邊，伸手幫我拉開了門。我一邊提著滿袋青菜蘿蔔一邊緊握那顆燈泡，笨拙的擠出門口，街燈灑進店裡落在他身上：「對了，妳叫什麼名字呢？」

「下次再告訴你。」我說：「我還沒有想到。」

我像個緊抱著烤地瓜或是番薯的人一樣，提起腳來快速奔回家。妹妹已經醒了，我趕緊把燈泡掏出來給她看，燈泡居然還保持著微弱的光芒沒有暗去。我爬上床頭，使盡力氣將天花板的燈泡給換下來，還好加蓋的房子屋頂都很低。

我把舊的燈泡丟進垃圾桶，坐下來跟妹妹一起望著那顆大放光明的燈泡，不同於書店的柔和，燈泡在這裡相當光亮，幾乎可以照遍屋裡每一個角落。

「真好。」我望著妹妹說：「我們有光了。」

比我們所看過任何地方的光都還亮。我站起來開始準備弄晚餐，櫃子裡有一個相當破舊的電磁爐跟鍋子，稍微洗一洗應該就可以用了吧，還有我剛剛買回來的一大堆東西，通通拿出來放在桌上，看起來熱熱鬧鬧的，像家一樣。

我鬆了一口氣，轉頭望著妹妹，她還在那邊盯著那顆燈泡看，我彷彿感覺到書店的氣味跟著光一起散開來了，多麼溫柔，就算一直都是黑夜也沒有關係了。

就算永遠都不會天亮也無所謂。

2

姊姊離開的房間

我終學生開活，始你我的什麼
於們會如重新何為如何
不來你呢？

——刪除簡訊　Y／N

2
姊姊離開的房間

這是自從姊姊離開之後，她第一次進到姊姊的房間。

她已經忘記當初姊姊是怎麼離開的，在什麼日子、在什麼時間，這些她完全不記得，好像噗通一聲就這樣消失在生活裡似的。

人怎麼可能無聲無息就消失呢？又不是魔術，她努力回想最後見到姊姊的場景，說了些什麼話或做了什麼動作，現在也只能靠自己才能找回姊姊了。

她記得當時的陽光很亮棉被很軟，讓她完全不想起身，只是就這樣懶散的賴在床上，隔壁傳來輕輕轉開喇叭鎖的聲音，因為是相當老舊的房門，所以到處會有奇怪的聲音。她聽著腳步聲軟軟的走過來，聲音停在她的房門口，然後傳來略帶遲疑的「叩」、「叩」，接著越來越快，越來越急促，叩叩叩叩。

她掀開棉被坐起來，不知道過了多久才決定起身，光著腳輕輕踩過地板，陽光照在裸露的膝蓋上竟有股涼意，她站在自己的房門前抬頭望著。

如果打開房門，大概就會見到姊姊最後一面了吧。她有些後悔自己為什麼不這麼做，以至於讓腦袋裡的記憶流失得這麼快，如果那時候見到了，或許她就會想起一切，想起之後發生了什麼事，「就可以順利的把姊姊找回來了。」

她也這樣告訴父親和母親。真的不記得了嗎？畢竟那個時候只有妳一個人在家啊。母親說，她除了搖頭跟複誦以上的話之外，什麼也無法做，母親便不再多說些什麼了，她詛咒著自己的沒用。

但之後的事情她還記得很清楚，房間裡的燈不知道什麼時候壞了，從前幾天起就再也不亮，她只得就著檯燈來寫功課，夜深了便眼睛痠痛，好像總有黑影在前面亂鑽亂蹦一樣，光線不足啊，她揉著眼睛這麼想，想著該換顆燈泡了，但卻從來沒有實際動作過，就像明明是早晨，四周卻依然暗著。

就算永遠都不會天亮也無所謂，她想。

那天她一直到下午該去上課了才起床，家裡什麼人都沒有，窗簾斜拉著擋住光線，她用力把窗簾拉開，讓整個屋子清楚許多。慢慢走過客廳想去廚房找些什麼來吃，姊姊的房門緊緊關著，門縫底下一絲光也沒有，像是還沉沉睡著。

她在冰箱裡找到前一天晚上吃剩的便當，有縮成一團的豆乾跟乾巴巴的青菜，但不要緊，放到電鍋裡蒸就什麼都是軟爛的了，她把便當裡的東西全倒進盤子裡分成兩堆，然後在電鍋加水放進去蒸，蒸氣咕嘟咕嘟的冒出來，她光著腳在廚房裡走來走去，扭轉水龍頭把水開到最大，用力洗著水槽裡髒污的碗盤，飯菜蒸好，她整盤拿到客廳裡去吃，把其中一份放在餐桌上，那是她和姊姊之間不成文的默契，如果不打攪彼此能算是一種默契的話。

她用電視配著飯菜來吃，聲音開得超級大聲，家裡很少把電視開得這麼大聲過，父親的耳朵聽不到聲音，每次他要看什麼政論節目或電視長片，總是把音量開得超級大聲，母親就會用力噓他：「家裡小孩要念書你知不知道！」然後一把搶過遙控器來，就什麼聲音也沒有了。

其實沒關係的，反正她都戴著耳機聽自己的音樂，開得比電視還大呢。可是姊姊不行，只要一點點輕微的聲音就會逼得她什麼事情也做不好。她記得非常清楚，有一次樓上在整修房子，整天都在那邊咚咚咚的敲打，連站在地上也能感覺到有規律的震動，整個屋子都在搖。樓上樓下每個人都怨聲載道的期待工程趕快結束，這幾天就暫時忍耐下去吧，不然怎麼辦？

可是姊姊不一樣，那幾天姊姊像是瘋了一樣拚命找地方鑽，根本無法寫字也不用說讀書了，在家裡四處找有空間的地方躲進去，就算耳朵裡塞了棉花也沒有用，只能不斷的滾來滾去，企圖以更大的聲音來掩蓋聲音。

最後母親在衣櫃裡找到姊姊，就藏在一堆弄亂的衣物棉被下面。母親一向最恨有人弄亂家裡的東西，用力把姊姊拉出來拖到她的房間，她莫名其妙的轉過來望著母親和姊姊，耳朵裡還戴著耳機。

「一點點聲音會死嗎？有沒有這麼脆弱啊！」她知道母親開始要尖叫了，母親只要一尖叫就會很激動，像是要叫給全世界的人聽一樣，整個社區都聽得見母親的聲音。她連忙將耳機音量關掉，兩種聲音混雜在一起真的是很要命：「為什麼這麼簡單就受到別人影響，真沒用，學學張舒涵好不好，看看妳妹妹！」

姊姊低垂著頭跪在地板上，臉藏在頭髮裡用餘光瞄著她，她相當尷尬不知該做什麼反應，只得假裝不知道發生了什麼事情，專心的聽著自己的耳機，嘴裡斷斷續續的哼著歌。

她什麼都聽不見，這樣大家都會好過一點。

「沒有用的東西，沒有用的……」母親話語剛落，她忘記了自己假裝聽不見的事情，跳起來大聲說：「媽，我想喝茶。」

「妳們這兩個都把我當傭人啦！」

母親碎念著走出房門去。姊姊依然跪在原地，兩個人誰也沒有看誰，過了一會兒姊姊站起來：「妳看什麼看！」恨恨的走出門去了。

耳機從耳朵上掉下來，垂掛在她的肩膀上。一晃一晃，什麼聲音也沒有。

她知道自己搞砸了。

她知道母親接下來會說：「沒有用的姊姊。」

如果再加上沒有用的妹妹就好了，這樣她感覺會比較好過一點。可是母親從來不曾這麼說過，她拉開抽屜拿出立鏡放在桌上，偷偷看著母親的臉和姊姊的眼睛，覺得她們好像是在聯合起來懲罰她。

※

她放在餐桌上的那一碗飯菜，三天之後就倒掉了。或許更早，亦或更晚。

如果她們的關係再正常一點的話，如果能再像姊妹一點的話，她就一定會去敲門的。或許也能再早一點發現姊姊離開了，而不是只能在這裡不斷的回想，但如果真是這樣，姊姊或許也不需要離開了吧。

她還沒學會怎麼和自己的姊姊講話。

姊姊離開後他們還是過著平常的生活，其實也沒有什麼特別需要改變的地方。忘記從什麼時候開始，姊姊就不跟他們一起吃飯了，家裡的飯菜都在冰箱裡，要吃就去弄，母親不准她們自己亂買外食來吃，所以飯就自己弄好，拿回房間吃，電腦裡面就有網路電視節目可以看，所以也不需要出來，平常也沒有什麼需要跟家人講話的必要，睡覺也是在自己的房間睡，隔著薄薄一層牆壁彼此相安無事。

姊姊從拒絕上學之後就很少出門，所以一個禮拜見不到面也是很正常的事情，因此她常常會忘記姊姊已經離開，總是在別人提起之後才猛然想起：「啊！姊姊已經不在家了。」而提起這個話題的，往往不是自己人。

「舒涵，怎麼最近都沒看到舒婷？」說這話的人是姊姊的男朋友。

「嗯對啊，我也沒看到她。」她老實的說。

「發生了什麼事情嗎？」

「喂，你不是她男朋友嗎，怎麼連自己女朋友都搞不清楚啊？」

話一出口，她才發現自己搞錯了。男人以前是姊姊的男朋友，現在則是她的男朋友，她吐吐舌頭，男人有點尷尬的望著她，這事情是怎麼發生的，她也不知道。或許從更久以前就搞上了吧，從她開始跟蹤姊姊的時候。

跟蹤，跟姊姊保持不遠不近的距離，總是落後一個車廂或一條馬路這樣走著，遠遠望去只能看見姊姊的背影，她不知道姊姊臉上是什麼表情，就只是這樣默默跟在後面，走過每一條熟悉或陌生的路，沒有人看得出來她們是姊妹。有的時候車廂人多，她會被擠到很裡面緊貼著車門，只能遠遠望著姊姊的頭在人群中游移，努力試圖不要跟丟。姊姊從不綁頭髮，總是讓頭髮披在肩上或偶爾也會戴個髮箍，她就站在人群之中遙遙望著，沒有人知道她們的關係，但她卻覺得幸福無比，只要一想到自己和姊姊都在這群人裡，都在同一個車廂，都呼吸同樣的空氣，就覺得真是快樂得不得了。

就算出門沒有目的地也沒關係，姊姊就是她的目的地。能更接近一點就好了。

是不是其他人也都會這樣做呢？想知道姊姊都去哪裡，都怎麼跟別人交談，這些彷彿很簡單的事情，她卻什麼都不知道。每次寫作文只要寫到我的兄弟姊妹這種題材，她就只能愣在當場，折斷了好幾根自動筆芯也寫不出來。

於是她開始跟蹤。

還在上學的時候，姊姊出門的次數就已經少得可憐了。她們的房間就在隔壁，只靠薄薄一面牆相鄰，所以對方有什麼大動作彼此都很清楚，早在姊姊「吱嘎」一聲打開衣櫃的時候，她就跳起來準備穿衣服了，接著整個人貼在自己房間門上偷聽，確定姊姊已經走出大門之後，才趕緊跑到陽台上看是往哪個方向去，匆匆下樓跟在後面。照著這個方法通常都不會跟丟，她也因為跟蹤見到了姊姊的男朋友，當然姊姊完全不知道這件事。

她告訴自己，跟蹤姊姊只不過是想要多些話題　只是想學會怎麼開口講話而已，只要成功試過一次之後，再開口就會容易得多了。或許哪天可以若無其事的跟姊姊說：嘿我覺得妳的男朋友相當不錯喔！

那個時候姊姊應該會很驚訝吧。

現在什麼都不能說了。

她喝了一口水，靜靜的望著坐在眼前的男人，男人埋頭將眼前的咖哩飯弄散大口吃下，耳朵旁邊有一顆明顯的黑痣，隨著動作起伏不斷在她眼前晃動，姊姊也曾經這樣盯著那顆痣看嗎？都不能說了，不能說這個男人也照例想要吻我喔，那些親暱動作都是可以想像的對吧。就像男人騎摩托車載她穿越城市與巷弄，停紅燈時喜歡將手臂放在她大腿上，她總在這時候緊張起來，大街上人這麼多，想著姊姊會不會剛好就出現看到這一幕？就像偶像劇裡常常演的那種命中注定就是要撞見。她一邊抬頭望著經過身邊的公車，一邊禮貌性的把男人的手推開。

她其實不是怕姊姊發現，她怕的是男人的那種態度，「躲什麼，要是真的遇到，我就跟她講清楚啊！」她更不能讓這種事情發生了，那種毫不在乎姊姊的態度，不在乎去傷害，就像他不斷告訴她：「我其實一點也不喜歡張舒婷呢。」

要是姊姊問起她該怎麼說？這遠比親吻擁抱還要來得殘酷，更殘酷的是她毫無選擇的聽到了這些話。如果要姊姊選擇的話，大概全世界的人知道都無所謂，但唯一最不希望被聽見的人，就是她了吧。

就像那些時候一樣。

※

親戚，那些有血有肉的親戚。

名之為親戚的怪物從四面八方湧來，他們最拿手的就是比較，尖銳的手指伸得長長，總是可以輕易找到最好最容易最柔軟的部分。

最容易受傷的在哪裡？

攻擊那裡，對，不管是有意或無意。他們悄聲說，不要停……

從以前開始他們就不斷在比較，她幾乎都要無奈的佩服起來了，從小時候開口說的第一個字，交過的男女朋友，念的小學國中高中大學直至工作，有念書的比成績，有工作的比薪水，比住的房子地價，比……

比誰的舌頭長。

「妳這兩個女兒長得還真不像。」愛碎嘴的人手都是往外指的，一隻手朝她和姊姊指去，毫無忌憚的停在她的鼻尖，卻對著母親說話。

「是啊。」母親訕笑：「從頭到腳都不像，個性也不像。」

「是不像。」面前的手指好像滿意了，伸出筷子夾菜，圓桌上擺滿豐盛料理，糖醋魚醉雞清炒蝦仁，團團圓圓擺了一整桌，圍住他們哪裡都去不得，固定的家族聚會和樂融融，小孩不准說一句破壞大人對談的話，她低頭扒起一塊魚肉。

「腦袋也不像。」母親朝姊姊瞥了一眼：「這個，上次段考沒一科及格，連國文都給我考了五十幾分。」

魚肉好像有刺，她感到呼吸困難起來，喉嚨好痛喔。

「真的呀？」

「不知道在家裡都怎麼念書的，養到這種孩子真是上輩子欠債。」

「不過舒涵好像功課還不錯喔？」拿著筷子的手又再度往她臉上指去，筷子尖端還沾著菜餚的湯汁滴滴答答，對準她的鼻頭距離不到一公分：「聽說英文有拿到檢定？」

「舒涵妳可以教妳姊啊。」

一陣燒灼感傳來，胃好痛，她一定把魚刺吞下去了，趕快吐出來吐出來。

「不過妹妹教姊姊好像有點奇怪喔？我們家從來都是姊姊教妹妹的。」

「那是你們家教得好！不過要我們家這兩個自動，難喔！兩姊妹像仇人一樣誰也不理誰，一點也不像姊妹！」

她哇的一聲用力吐了，黃色的水流到桌上，一群大人跳起來忙亂著移開碗碟，跑進廚房拿抹布，她聽見媽媽慌亂的尖叫著：張舒婷！妳有沒有聽到快去廚房拿抹布！她摀住嘴巴，嘔吐物仍然不斷滴下來，眼神空洞的亂晃著，旁邊的人紛紛起身退避，那些剩下的魚骨頭，肉渣……

姊姊依然坐在空了的餐桌旁，動也不動的專心吃飯，一眼也沒望她。

吃什麼吃，妳妹都出事了，妳還吃得下去！母親的聲音再度拉高，她想張口說話，喉嚨卻又再度刺痛起來。

她始終沒找到那根刺。

※

如果說親戚是血緣下最逼不得已的存在，那麼遺傳也是一種吧。

每次看到母親和親戚圍坐在客廳那，聒噪著一秒鐘也沒停下來過，就覺得她們身上流的應該都是會不停說話的血，嘰嘰喳喳，簡直像嘴一停就會馬上倒地而死似的，她跟姊姊長大以後也會變成那種樣子嗎？她很難想像。

母親和其他親戚稍微不同一點的地方是，她會尖叫。

但是這件事說起來，也不算是母親的錯，更不是他們全家人的錯（雖然她和姊姊常常是讓母親尖叫的原因），一切的一切都要歸功於那年的九二一，或許時間應該再往前一點，推到九月二十日。

九月二十號沒有人生日，相當普通的一個日子。姊姊要上課，她則為了隔天的校外教學正在收拾行李，母親當她要去兒童樂園似的，從櫃子裡拿出一堆孔雀餅乾跟義美小泡芙來，母親以為她還在念小學。

「不要這個。」她翻翻白眼，蹲在衣櫃旁邊翻找著可愛的內褲，就算走光也沒關係的那種：「哎唷，我不是去兒童樂園！是去劍湖山世界，沒有人去那種地方還吃孔雀餅乾的。」

「孔雀餅乾是校外教學最佳良伴。」母親堅持的說：「吃一兩片就飽，妳就不用一直要吃其他東西了，免得在車上一直吃像個肥豬。」

「才不會。」她厭煩的大叫起來：「現在沒人在吃孔雀餅乾了，而且大家在車上也不會吃自己帶的，是要跟別人交換的，我帶孔雀餅乾誰要跟我交換？」

「自己有得吃為什麼還去跟別人要？又不是乞丐。」

「拜託，妳要我一個人在遊覽車上獨自吃自己的零食，不如叫我死了！」

她決定不理母親了，反正明天自己去便利商店買科學麵吧，身為一個高中生，再也沒有比校外教學還要自己吃自己的零食更可悲的一件事。

所有的一切都跟平常一樣，她翻翻衣櫃，發現有好多她想穿的內褲都染著沒洗乾淨的斑點，一定是姊姊弄髒的，怕被母親罵就又塞回衣櫃去了，她跑去跟姊姊吵了很久之後才回床上睡覺，窗外看得見星星，明天一定是個好天氣吧。外面傳來母親大聲罵姊姊的聲音，總之是稀鬆平常的一個夜晚，她滿足的閉上眼睛。

然後等她醒過來的時候，她聽見母親在尖叫，拚命的叫。外面天還沒有亮，一切都是黑的，到底發生了什麼事情呢？聲音透過門板不斷的傳進她耳朵，感覺整個房間都在震動，她跳起來衝出房間，發現全家人都逃到客廳來了，姊姊有著跟她一樣不知道發生了什麼事情的臉，抬頭望著母親。

母親正蹲在沙發旁邊，手掩著耳朵蹲在父親旁邊，張大嘴巴不停的尖叫著，聲音又尖又厲，她看見窗戶的玻璃開始顫抖，牆壁也從底下開始裂出一道道又細又長的裂縫，並且不斷往上急速蔓延。她不得不趕快阻止母親。

「夠了，我的媽呀。」她必須要很大聲的講話才能穿透尖叫聲：「媽，我們現在都知道妳的氣很足了，但是妳不趕快停下來的話，房子都要垮了。」

「你們這些沒神經的人，沒感覺到有地震嗎？」母親一邊尖叫一邊說：「整個房子都在搖，還不趕快找地方避！要被壓死了！」

「是因為妳一直在尖叫房子才會搖，妳趕快停止就沒事了。」她感覺震動越來越厲害，整間屋子像是浮在海面上般四處搖晃，她必須趕緊把雙手打開才能保持身體平衡。

「是因為地震我才會尖叫的，妳們這些沒有危機意識的死小鬼。」她發現母親正常講話的時候也開始用高八度的氣音，她想打開客廳燈讓這個場面恢復正常，然後去廁所尿個尿再繼續上床睡覺，卻發現明明摸到了開關，但打不開電燈。

「燈壞了。」

「是停電了。」母親說，一臉得意的樣子：「我就跟妳說是地震，地震才會停電。」

「工人剪錯電線也會停電。」姊姊說，母親瞪了一眼。

「妳算什麼，我就知道養妳們都是白養的，妳這個作姊姊的還在妹妹面前嗆我！」母親的聲音越來越高，可是卻相當清晰：「到底養妳們能幹嘛，妳們什麼時候可以像別人家的小孩一樣乖，每次我都覺得我真命苦——」母親嘴巴開得大大的，兩隻手臂緊緊纏住父親的脖子，再度放聲尖叫。她腳下的地板開始震動，窗戶玻璃瞬間破裂全撒在她跟姊姊身上，她趴倒在沙發上，一陣噁心張開嘴吐了滿地，覺得自己就像是被惡作劇的小孩裝在玻璃瓶裡一樣，塞緊瓶口上下左右的拚命搖晃著。

不是幻想，這是現實，整個世界真的在搖晃。母親一邊尖叫一邊要父親打開家門（這是正確的地震逃生觀念，把門打開以免房屋扭曲變形會逃不出去），她們全家都赤著腳衝出家，發現整條街的人都跑出來了，簡直像大遊行，她才明白不只是家裡在搖而已，真的是全世界都在搖晃，巷子斜對面的一棟建築物已經倒塌了，像蛋糕上的奶油融化般，軟綿綿的倒在那裡，世界末日真的來臨了嗎？她想，母親真是太厲害了。

隔壁的太太帶了收音機出門，將音量調到最大聲，街坊鄰居包括他們家都站在人群裡，專注的聽著廣播，主播以沉穩的聲音說現在是九月二十一號凌晨，台灣發生大地震，震央在……

「都是媽媽一直尖叫才會地震。」姊姊低聲說，她忍不住想點頭。

「妳不要再唱衰我。」母親一臉不耐煩的望著姊姊，跨坐在父親肩膀上，這個角度可以讓母親看到擠在人群前方，常常來家裡八卦的鄰居太太。母親相當高興的揮起手來打招呼：「是因為地震我才尖叫的，要不是我你們現在早就死在瓦礫堆裡了，是我的尖叫救了你們一命。」

認識的鄰居們開始自動形成小圈圈聚集，母親開始高聲講解自己剛剛是怎麼樣靠著尖叫拯救一家大小，順便還示範一下最有利的發聲法。

她不想再理會這個話題，轉過身想找姊姊，姊姊卻不知道上哪去了，轉瞬消失在人群裡，她只好望著四周擁擠的人群發呆，有的人臉上流著血或手腳骨折，遠處傳來喔咿喔伊的聲音，不知道是救護車還是消防車，似乎更遠的地方還有房子不停在倒塌，像骨牌效應一個一個接著倒下去。她看見鄰居家的國中男生站在旁邊，嘴巴微開專心的望著自己，她這時才想起自己睡覺的時候因為嫌熱，把該脫的都脫掉了，所以身上現在只穿著細肩帶跟內褲，乳頭的話她現在遮也來不及了，想也知道幾乎是清晰可見。

「幹。」她很少罵髒話，可是再也沒有比這個詞更適合形容此刻的了。她想，現在這種情況看來，明天甭想去校外教學了（正確的來說應該是今天），好吧，好處是至少她不用去買科學麵了。

隔天電視報紙以極大的篇幅，報導了這場讓她以為是世界末日的地震，事實上對台灣來說也真的是世界末日了，以為很堅固的東西原來脆弱得不堪一擊，有很多人已經死去或正在死去，也有很多人失去聯絡。大家都在忙著打著電話給親戚朋友，她背著背包來到學校，看到老師同學都好端端的待在那裡，大家第一次坐在教室裡不上課，稀奇的東張西望，連老師也不知道要幹嘛。因為她是輔導股長，輔導室要她統計班上有沒有同學的家人出事，她拿著粉筆站上講台。

「有沒有人的家人或親戚出事了？」她說。

有人舉手：「我弟的牙齒，昨天地震時被碰斷了。」

「除了這個呢？」

她沒好氣的說，大家面面相覷，似乎想努力從腦袋裡面找出些什麼，可是也只能沉默。

「好吧，都沒有人出事。」她把粉筆折成兩段丟回黑板溝槽，發覺自己的語氣聽起來相當失望。

其實她望著同學或老師的時候相當心虛，因為她打從心底覺得，會發生這場地震，都是因為母親那天晚上的尖叫聲，那就是造成世界末日的原因。她有一種變成殺人兇手的錯覺，這種感覺完全掩蓋住不能去校外教學的遺憾，導致她日後失去可以跟朋友討論這類話題的機會，只是不斷的抱著斷不了的罪惡感。

但母親從那個時候開始愛上尖叫，更正確的說法應該是，九二一的那個晚上（或早上）開啟了母親的喉嚨，讓母親在表達憤怒的時候多了一項武器，她有時真覺得這是神明故意要折磨她跟姊姊的，因為母親的尖叫對象通常是她們。

母親無時無刻都在尖叫，但不知道是不是因為那個時候，母親的尖叫聲太靠近父親的緣故，父親的耳朵從那個時候開始就再也聽不見了，對於這一點其實她偷偷羨慕過父親。而父親本來在家裡就很少有發言的空間，尤其在所有話都已經被母親講光的這個家，聽不到聲音之後更是樂得輕鬆，也不需要再講什麼話了，因此每次當她回想起家裡發生的事情時，總是會不小心忽略父親的存在，例如簽聯絡簿總是母親在簽，家長座談也是母親去，外出買晚餐的時候，還要慎重的用手指頭算起家裡到底有幾個人，之後也慢慢就自然遺忘了父親的臉，只剩下記憶裡模糊的影子，只是父親特別愛把電視的聲音開到最大，明明根本聽不見，光是這樣也開心。

沒有聲音的人被忽略是相當容易的事情，但並不代表不存在。可是她慢慢的卻再也看不到父親了，只是有時候望向沙發會看到報紙丟成一座小山，或電視機忽然被打開，洗完澡後會在地上滴出長長的溼腳印，她就知道，喔原來父親在這裡。

每次母親尖叫的時候，她跟姊姊就只好各自躲在房間裡，雖然薄薄一層門板根本擋不住什麼，但她至少可以做些別的事情來轉移注意力。可是在餐桌上就不行了，尤其是去親戚家吃飯的場合，她們只能安靜的聽母親以尖叫控訴她們有多不孝有多麼忤逆，最後結局總是紛紛輪流逃往電視機前面。

每次在被比較的時候，她都不敢看姊姊的臉。

她們明明該早已習慣被比較了，也許姊妹生來就是被比較的，逃也逃不掉，那麼如果不做姊妹，是不是就不會被比較了？

她叫張舒涵，張舒婷是跟她從同個娘胎先她一步出來的姊姊，雖然遺傳的部位不一樣，她的眼睛像父親嘴唇像母親，姊姊的額頭像母親鼻子像父親，可是兩個人湊在一起就是不可思議的相合，連逃都逃不掉。偶爾會有父母親的朋友來家裡作客，每次看到她們都直說好像好像簡直是雙胞胎，但接下來的話一定是：「妳們感情一定很好吧！」

奇怪，大人的邏輯怎麼都怪怪的，「長得像」跟「感情好」這兩件事是有什麼關聯性嗎？為什麼都要連在一起講呢？難道兩個人只要長得像，感情就會連帶的變得好起來嗎？每次碰到這個問題，她跟姊姊都不會說話，不是約好了而是誰都不肯先開口，要說什麼？說我們根本一點也不像，說我們連對方喜歡什麼吃什麼都不知道，簡直比同班同學還不如。

她不想開口回答也不想看姊姊，兩個人就僵在那裡不發一語，直到場面尷尬到再也忍受不住了，姊姊就會站起來轉身用力關上房門，這個時候客人才如釋重負的呼了一口氣，像是問了個不該問的問題一樣乾笑著，順便還會露出八卦的神情說：「妳們吵架囉？」

吵什麼架，她們根本連架都沒得吵。但她根本不用說話，母親馬上就會跳出來幫她回答了，「這兩個孩子就是這樣對自己姊妹，好像見到仇人！」母親一邊跟客人對話，一邊還可以尖叫怒罵姊姊沒有禮貌愛耍古怪脾氣，光是這樣就可以罵上兩個小時。

古怪，這是最常用在姊姊身上的形容詞。母親常會跟很多人說：「張舒婷個性古怪，不知是怎麼養出來的，真是作孽！作孽！」

可是她卻總覺得在這個家裡古怪的是自己，擁有一個不斷尖叫的母親、隱形人的父親，和一個拒絕上學的姊姊。

每當母親那樣罵姊姊，說張舒婷妳怎麼這麼不正常的時候，她都覺得好奇怪，這種事不是一開始就知道了嗎？母親到底想要什麼呢？

她的家人都很特別，可是她完全找不出來自己的特別之處，她從頭到腳就是一個乖乖牌，總是說出那些大人要的正確答案，她也不是故意裝乖，而是就覺得應該這樣說，上公車乖乖投足額的零錢，看電影如果沒帶學生證就不會硬拗要學生票，逛夜市買衣服從不殺價，除了偶爾愛抱怨之外幾乎沒出過什麼大亂子，中規中矩，禮貌又乖巧。

她望著鏡子裡自己那張和姊姊極為相似的臉，這個人叫做張舒涵，但她一點也不想當張舒涵，就跟地球上千千萬萬個高中少女一樣討厭青春期的自己，這樣一想她又覺得自己實在是有夠普通的了，忍不住長長嘆一口氣。

她有時候會想，姊姊說不定其實希望跟她對調。她知道姊姊一直討厭她，不過這也只是她的猜測而已，從來沒有證實過，誰會去問某人說喂妳是不是討厭我？因為如果沒有她的話，所有的比較都不會發生了。想到這裡她就覺得好難過，就算姊姊討厭她好了，她也一點都不討厭姊姊啊。

只是同情姊姊，只是這樣而已。

所以她每次跟姊姊講話的時候都好緊張，所有的句子全在嘴裡黏住了，從來沒有好好一次講完話過。要喜歡一個人很難，可是要習慣一個人卻很簡單，所以她想她們之間的相安無事，只不過是姊姊在努力習慣她而已，習慣作為姊妹的存在，她好想知道姊姊的真心話，姊姊真的討厭她嗎？

要是姊姊慢個幾步出來說不定比較快樂，要是她們兩個少了其中一個說不定更快樂，如果她們不是姊妹，而只是在這個世界上偶然相遇的「朋友」，感情一定會更好吧。也許會驚訝於彼此名字的相似性，可以一起手牽手去血拼，意外的買到相同款式衣服，然後對著鏡子說：看我們這是姊妹裝！約好下一次逛街一起穿出門，店員會問她們說，喂妳們是不是姊妹啊？張舒涵跟張舒婷此時會露出神祕的微笑，轉過頭竊竊私語說，哇我們真的這麼像喔！然後挽著手快樂的逛完每一條街。就像一對相親相愛的姊妹，那多好。

如果一切真能重來，那就好了。

3 於夏

我們終於學會如何生活，
如何重新開始。
為什麼妳不來呢？

——傳送簡訊　Y／N

3 於夏

我們似乎慢慢習慣這裡的生活了。

要喜歡一件事情很難，可是要習慣一件事情卻很簡單，我分不清楚自己喜不喜歡這裡，但至少是比以前還習慣的吧，而且以後還會越來越習慣。再怎麼說，我已經無法再忍受過去的日子了，這個想法越來越強烈，就像落葉不斷從天空落下來一樣，慢慢把通往過去的小徑淹沒。

我們不需要去上學，事實上也沒有學可以讓我們上。這裡附近的學校只有一所，是公立的國小，每天早上我都可以聽見吵鬧的聲音從樓下經過，小學生的聲音細細碎碎像麻雀一般，很快就過去了。

我和妹妹總是讓自己睡到自然醒，花很多時間讓自己睡得頭昏腦脹，但如果被小學生吵醒之後就再也睡不著了，只好爬起來開始做各自的事情，但大多時候也只是兩個人在一起發呆。沒有非做不可的事情啊，我對妹妹這樣說，所以就算什麼也不做耗在這裡一整天，到了晚上想著咦我今天到底做了什麼呢？即使是這樣也沒有關係，在這裡我們最不缺的就是時間啊。

生活就這樣開始了，有的時候兩個人會一起做家事，家裡東西不多，所以也沒有什麼好打掃的。鍋碗瓢盆用過之後泡在水桶裡隔天再一起洗，因為水很貴所以不能浪費，除此之外最需要注意的是，洗僅有一張的床單和固定三天換一次的髒衣服，而且床單和棉被一定要分開時間來洗，不然晚上就沒有東西可以蓋了，這點非常重要。

洗衣機放在外面的角落裡，一掀開蓋子灰塵就像雪般落下，塞進床單之後就再也沒有空間塞任何東西了，所以洗衣服都要花很多時間等待。先洗一次床單，再把所有積滿三天份的髒衣服丟進去，洗衣機像吃撐了似的腫脹著，因為機器很老舊了，所以一按下開關就會震動得很厲害，幾乎讓整間房子瘋狂搖晃起來。每當這個時候我們都會逃進屋子裡，緊張的盯著那個牆上的「ㄏㄜˊ」看，妹妹畫的鉛筆字跡還在上面，因為房子實在太脆弱了，很怕會在某個瞬間倒塌，那個時候不管自己會怎樣，都要努力保護好這個「ㄏㄜˊ」才行，雖然抱著這樣的念頭提心吊膽的過活，但什麼事都沒有發生。

床單洗好之後，兩個人拉開對摺成一半曬在外面的吊繩上，我最喜歡這個時刻了，把被洗衣機絞一團的床單打開時，會有一股廉價洗衣粉的味道飄散出來，光是聞到就讓人感覺幸福無比。胸罩跟內褲也是一樣，洗好了就拿到外面曬，兩個人忙進忙出的將一個個胸罩用夾子夾起垂吊著，低著頭在那些布料之下穿梭，這麼多胸罩內褲隨風遠遠拉開一道夕陽，真是相當奇異的畫面。

衣服攤開又晾平，我們在大被單下來來回回不斷撲撞嬉鬧，嗅著洗衣粉的香味讓風吹散到自己身上去，在頂樓來回奔跑玩著幼稚的把戲，多麼像一對姊妹啊。光是這樣片刻的想法，就深深覺得我們來這裡是對的。

真的，這大概是我人生裡做過最正確的事情吧。

屋子四周都有很多塗鴉，除了「按下去就會爆炸」的箭頭外還有一大堆，例如寫著「天亮了」的箭頭指向那個燈泡，「這是窗戶」拉一條箭頭指向窗戶，「這是逃生門」拉一條箭頭指向門，或是一堆無意義的註解。不只是牆上，整間屋子到處都可以發現這種塗鴉，偶爾會在櫃子上的小裂痕發現寫著「拉開就可以看見世界」的箭頭，或是在窗戶的框上寫著「此處螞蟻通行」的箭頭，簡直像那種隱藏版公仔一樣，這些箭頭到處會在意想不到的地方出現。這已經是妹妹的習慣了，一看到什麼就非得這麼做不可。

如果不幫一樣東西命名，就不能跟它好好相處，因為光是去想「要怎麼稱呼它」這件事，就會讓人忍不住想逃離啊。

妹妹說：這種感覺就像，一定要在考卷上寫上正確答案般必要。

「可是，妳怎麼知道妳寫的是正確答案呢？」

雖然如此，也並不是什麼事情都要命名或加註解的，一切都要靠感覺。例如說有些東西就是無法取名字，或是同樣的兩個事物卻只有一個可以下註解，就連妹妹自己也說不上來那是什麼原因，但她就可以感覺得出來什麼「是」、什麼「不是」。就像我某天起床，發現妹妹用鉛筆把我細細的圈了起來，連一根腳趾頭都沒有露在圈圈外面，拉了一條箭頭寫上「死了」。

「妳是在詛咒我嗎？」我沒好氣的說，很可惜我還活著呀，這種事情不是光用手指在鼻子下試試，就可以知道的嗎？

但是妹妹也說不出來自己為什麼要這麼做，就是一種感覺而已嘛，而且一旦有感覺了，不這麼做就會坐立難安，連手都不知道怎麼放才好，腦袋裡只會一直想著這種事。套一句話就是會「過不去」。

過不去，聽到這句話忍不住讓我吞了吞口水，是要跟誰過不去？

「為什麼還要講出這種話呢？」

對不起啊。妹妹像是很害怕似的小聲說。

「算了。那麼舒涵，妳幫我取名字吧。」

在如此熱衷下註解的妹妹面前，我試著提出這個要求。

我想我該有一個名字，這樣才能真正覺得要在這裡生活了，一個感覺可以重新開始的名字，被稱呼了以後，彷彿就可以從此過著幸福快樂的生活。我極度需要那樣一個名字。

沒有什麼特別的感覺呢，妹妹看著我說。

「完全沒有嗎？類似黃色或淺咖啡的，或難過高興的那種名字，真的一點都沒有嗎？」

妳已經有想要的名字了吧。妹妹的聲音乾乾的，我真怕她不小心哭出來：雖然妳自己不說，但其實妳已經有非它不可的名字了吧，所以我才會過不去，既然這樣妳就用妳想要的就好了，幹嘛也把自己搞得過不去呢？

沒有辦法，我就是要別人說出口，即使早就已經在腦袋裡想了幾千幾萬遍，但是我就是要從別人的嘴巴裡聽到那個我渴望已久的名字，這樣才會變成真的啊。名字這種東西，就是用來被別人記住並稱呼的啊。

尤其是妳，妹妹，只要妳一句話就好。

有的時候到了下午我會出門，即使沒有什麼特別需要辦的事情也會，但大多時候只是幫自己和妹妹買晚餐回來。雖然不想承認，但兩個人的晚餐實在非常難弄，於是我通常會買一些燙青菜或煎蛋回來，看起來似乎營養均衡些，很少買肉類，或是直接買便當兩個人分著吃。因為錢不多，一個禮拜買一次水果感覺有補充到維生素就好，如果我們有誰真的那週很不順才會多買一些，水的話就自己用電磁爐煮，然後放在冰箱裡冰著喝。

我們的冰箱非常小，就像是電視上那種帶去釣魚的冰箱一樣，所以也不能製冰。我在雜貨店買了那種二十幾塊的透明水壺，塑膠的所以很便宜，把水灌進去之後拿去冰在冰箱裡。接近市場快收攤的時候，我會去買一兩個檸檬回來，切成那種薄薄的切片丟進水裡，這樣喝的時候就會有香香的檸檬味，這是書上教的，一顆檸檬大概可以用一兩個禮拜，看起來很麻煩，但其實只要稍微下點功夫就會很有感覺，因此每次在倒水的時候我都感到很得意，似乎水也變得特別好喝了。

每天醒來都一再確認，確認生活真的重新開始了，包括我們。

屋子裡沒有時鐘，也沒有想過是否該去買一個，該知道今天是幾年幾月幾日嗎？知道這些又有什麼意義呢？我們已經不再需要管這些事，也不需要跟誰交代。手機雖然帶著，可是我也不知道要打給誰，也沒有人打進來過，大概是這個城市收不到訊號吧，果真跟我記憶中的那個世界徹底斷絕了。

有時候想著想著，就會覺得好寂寞啊，忍不住想要流眼淚，於是就對著牆上那顆心小聲的哭，如果哪一天真的過不下去了，就用力按下去讓這裡爆炸吧。

不過就算爆炸了，樓下的房東也一定完全沒有感覺，搞不好屋頂垮了砸得他只剩半邊身體，還會一直對著電腦這樣瘋狂玩下去呢。想到這裡又覺得那樣的畫面非常滑稽忍不住笑了，就這樣一個人又哭又笑的，忘記了應該難過的事情。

還好有妹妹在，還好這個世界有妹妹在喔，不然我一定會寂寞而死的。

沒有她我一定會死的。

※

我開始帶著紙筆去舊書店，店裡的燈已經重新裝上了燈泡，我想他要一個人站上去裝一定是相當困難的事情吧。可是他對這件事情絲毫未提，看見我來就露出淺淺的微笑，自然的打開櫃子，把詩集拿出來給我。

我搬了一張椅子，就坐在玻璃窗前開始抄寫，那些喜歡的句子的確安靜的躺在紙上，神奇的是在每一句下面都有用鉛筆描過的線，細細的，二手書本來就會留有一些痕跡，但不可思議的是那些線都非常直，緊貼著每一行走，像是用尺對著紙仔細描過一般，大概是這本詩集原先主人的習慣吧。

好像也有誰曾經這麼做過。

我非常小心的一頁一頁抄寫著，如果覺得今天的分量夠了就停下來不再翻頁，為了避免好奇心太過旺盛，得急忙放回櫃子裡去鎖起來。手裡輕輕翻著自己的筆記，不知道為什麼抄寫詩句的字跡看起來都比平常漂亮，簡直像是有什麼東西附在上面一樣。我抬起頭來望著窗外的人群，坐在店裡是聽不見外面聲音的，有些人會瞄我一眼接著轉開，我可以大方望著這些臉孔，不用擔心看見誰，不用害怕誰會拿手指著我。

而我坐在玻璃窗「裡面」這件事情讓我感覺安心，非常的安心。

「妳怎麼不抄了？」他走過來問我。

「今天的份就到此為止。」我說。

他沒有再問過我的名字，我也沒有問他的。我們幾乎很少交談，只是沒事時我會偷看他在做什麼，他都是在櫃台前面整理紙張或發呆，有時候店裡會來一些抱著書的客人，他便帶著微笑接待他們，我終於明白為什麼第一次見面的時候，他會說我不像客人，因為來這邊的「客人」手裡都會拿著書。

有些客人會急急忙忙把書塞進某個櫃子就走了，像是將這些書在手上多留一分鐘都不想似的。有些則會跟他問了很多的事情，然後仔細在簿子上登記自己的姓名跟書名，付了錢，就抱著書慢慢的在櫃子前仔細挑選想擺放的位置。

他們的交談輕而緩慢，我聽見那些客人喚他：「於夏。」

「於夏。」我試著也這樣叫他，他果然轉過頭來了。

「嗯，什麼事？」

「這是你的名字嗎？」

「是啊。」

「是『生於夏天』的這兩個字？」

「呃，就是那樣沒錯。」

「那你有兄弟姊妹叫『於春』嗎？或者是『於秋』、『於冬』？」我開了一個很難笑的玩笑，但他沒有露出尷尬的表情，反而皺起眉頭。

「很可惜似乎沒有。」

「我隨便講講的，你別太認真。」

「不是，我真的有想過這個問題。聽到『於夏』這個名字，大家都會覺得是因為生於夏天吧，可是偏偏我就不是夏天出生的，父母的結婚紀念日也不是在夏天，總之完全就沒有一個日子是跟夏天扯上關係的，但為什麼我會叫這個名字呢？一定有某種理由的吧，我是獨生子，沒有兄弟姊妹什麼的，可是每次我都會想著，也許這個世界上是有的吧。我有一個叫做『於春』的姊姊，『於秋』、『於冬』是我的妹妹跟弟弟，不知道他們長得什麼樣子，跟我像不像？」

「你想太多了。」我第一次聽他一口氣說這麼多話，要命，看來他是個偶爾會發神經太過認真的傢伙啊。

「不然為什麼是夏天呢？妳覺得我有夏天的感覺嗎？」

「這個，的確沒有。」我不得不誠實的回答，他身上有種舒服的氣質，但完全不是夏天的感覺啊。

「看吧，那為什麼偏偏是夏天呢？」他說：「春夏秋冬是有規律的，就跟一二三四或甲乙丙丁是一樣的道理，一的後面不是二就覺得怪怪的，丙的前面不是乙就覺得不對勁，那麼夏的旁邊居然沒有春和秋冬就會讓人覺得『少了什麼』，我就一直覺得自己少了什麼東西，好像不是完整的啊。」

「少了什麼。」我重複一次他說的話，在唇齒間細細想著。

「就像國中的時候，老師不是都會教我們背一些口訣嗎，什麼『韓趙魏齊楚燕秦』或『唐堯虞舜夏商周』之類的口訣，如果少了一個，後面的就怎樣也無法再想起來了，非得從頭開始不可。那照這麼說的話，我不就是被卡在四季的中間動彈不得了嗎？」

「可是，這個名字很好聽啊。」我趕緊說：「很像詩一般的名字喔，所以擁有這樣的名字，應該也是幸福的吧。」

「是嗎？」他垂下眼睛，迅速恢復往常平淡的表情：「也許吧，我沒有讀過詩所以不太清楚。」

「從來都沒有讀過嗎？」

「因為沒有這個必要去讀啊。」

「可是，那個你也沒有讀過嗎？」我指著剛才我抄寫的詩集，此刻詩集已經被放回玻璃櫃了：「我以為你多少會翻一翻，都不會好奇嗎？」

「老實說不只那本詩集，這間書店的書我都沒有讀過，一本都沒有。」

「為什麼？」

「因為沒有必要啊。」他還是那句話。

「所以，雖然你開舊書店，但是卻是個不看書的人？」

「正確的說，是『不看自己店裡的書』，不過對於其他書也沒有太大興趣就是了。」

他聳聳肩，從櫃子下面拿出幾本放在紙袋裡的工具書給我看：「我會看那些食譜或手工藝的書啊，可是店裡的書我卻一點也不想閱讀，妳別忘了我架子上放的是人不是書啊，那都是別人寄放在這裡的人生。」

「所以沒有興趣？」

「我對別人的人生沒有興趣。」他點了點頭。

「所以就算我跑進來說我想看那本詩集，你也不會想：那到底是什麼內容讓人這麼有興趣？也不會想拿起來翻翻看？」

「一點也不會啊。」他似乎覺得我的問題很奇怪，微微的皺了眉頭。

「好吧，也許沒興趣就是沒興趣吧。」我呼了一口氣：「只是如果無聊的時候還是可以看一看，不然就太可惜了喔。」

「再說吧，」他不是很熱衷的說：「我很少有感到可惜的時候。」

※

妹妹花很多時間待在家裡，幾乎沒有主動開口說要去什麼地方，要求過什麼東西，我想那是因為她還不習慣「我們」的關係，我自己也還不是那麼習慣，所以就這樣慢慢來吧。總有一天會習慣的，因為事實上也沒有別的地方可以去了。

「我回來了。」

我說，從口袋裡拿出一盒全新的鉛筆遞給妹妹，她原先用的那幾枝都已經快到底了。屋裡飄出咖哩的香氣，我將另一個袋子裡的白飯倒在盤子裡，放上小得可憐的餐桌，已經是第三天的咖哩了啊。

有的時候晚餐就煮一鍋咖哩或滷肉，可以吃上一個禮拜非常省錢省事，都很簡單用調味包就可以做成的，就連我們這些笨手笨腳的家事白痴也都可以做得好，這樣就只要買白飯就行了，因為還沒有電鍋，所以即使買米回來也不能煮，如果吃膩的話就改成火鍋，每天只要變換裡面的湯料就可以吃了，有的時候豐富一些有的時候則不然，但總是熱騰騰的一鍋擺在那裡。

「妳今天做了什麼？」我習慣性的問著，妹妹指指那一鍋似乎有些變化的咖哩，她總是可以把一整天花在這上面。

我們越來越可以交談了，從一開始的沉默，到因為只剩我們兩人不得已的公式化交談，現在已經邁向可以「交代近況」的地步了，這樣繼續下去的話，要像姊妹一樣閒聊也不是很困難的事情，總有那麼一天的，一切都會值得的。

「我今天又去舊書店了喔。」

我說，吃到第三天的咖哩已經沒有什麼肉了，裡面漂浮著軟爛的洋蔥跟一些洋芋，還有看起來很奇怪的胡蘿蔔：「看了很多書才回來的。」

看書有什麼特別的嗎？

妹妹疑惑的望著我。糟糕，我不記得她到底喜不喜歡看書了。

「是沒有什麼特別的啦。」洋芋沾著咖哩的湯汁看起來相當黏稠，我費了一番功夫才把它順利夾起：「只是因為在這裡都沒有什麼娛樂，才會想要去那邊看看的，而且舊書店的書都很便宜啊。不過舒涵妳沒有興趣的話，還是不要去比較好，會很無聊的。而且顧店的是一個老頭喔，感覺很噁心，一雙眼睛老是色瞇瞇的，上次還偷摸我的屁股呢，雖然為了看書才忍耐下來的，因為我們實在沒什麼錢可以買嘛，不過還是感覺好討厭喔。」

洋芋被筷子啪的一聲夾爛了，連醬汁一起掉到桌上，好髒喔，餐桌上留下一塊深咖啡的污漬，緩緩的沿著桌腳滴落下來。

「所以舒涵妳還是不要去好了，一定會覺得很無聊的。妳又不喜歡書，何況待在家裡也挺不錯的啊，嗯？畢竟我們在這裡想做什麼，就可以做什麼的嘛。」

※

一天我在下樓的時候遇見房東正在掃地，這讓我相當意外，沒想到他也會從那個房間裡出來，看來他也是會好好做事的嘛，只是既然都會掃地了，那為什麼不把自己的房間垃圾清一清呢？他懶懶的將頭靠在門框上，只用三根手指頭抓著掃把，連畚箕都沒拿。

「午安。」

我說，他扯了一下眼皮望著我，像在看一個陌生人，我連忙補充：「我是住在頂樓加蓋的人。」

「喔。」他打了個哈欠，看來只有雙手接觸到鍵盤的時候他才會有精神吧，現在光看他靠在這裡，簡直就像一個老頭。

「這樣子你就算掃到天黑也掃不完喔。」我望著他的掃把在地上無力的滑過來又滑過去，好心的提醒他。

「好麻煩啊。」

「什麼？」

「真的是，好麻煩啊。」他有些厭煩的打著哈欠，一副相當疲憊的樣子。

每天都把時間花在電腦前當然會想睡覺，現在應該是他的休息時間吧，還要出來打掃真是辛苦他啊，我忍不住開口問他：「現在練到第幾級了呢？」

「已經到三轉的程度了。」果然問這種問題就會回答。

「那不錯啊，滿厲害的呢。」

「拜託，這只是我最低的一隻而已。」他白了我一眼：「之前那幾隻的等級，都已經不知道衝哪裡去了好嗎。」

「那用等級高的打起來不是比較好玩嗎?這樣還要一直打怪升等很累。」

「妳是白痴嗎？」看來除了打擾他玩遊戲，在他睏的時候跟他講話，他也會情緒特別差：「用強者打有什麼好玩的，無聊死了，當然是要一級一級的練才比較不無聊啊。」

「這樣不過只是在過重複的人生啊。」我喃喃的說。

「那又怎樣？」房東把掃把用力往旁邊一放，原先掃好的一小攤落葉都被弄亂了，看起來我是踩到他地雷了：「我用很多個新角色，不同姓名不同職業種族，就算過著重複的人生好了，哪一種人生可以辦得到呢？只要每天打怪就可以升等，只要花大錢就可以買到比別人都高級的武器寶物，我確定我自己只要去做了就可以得到成果，這樣重複又有什麼不好的？那句話叫什麼……」

「付出就有收穫。」我望著他疲憊的臉，可以清楚看見眼瞳裡的一條條血絲，其實他不需要那麼激動的啊，這個道理誰不知道呢？

「對就是這個意思，妳去哪裡找這種人生？找給我看啊！」他邊吼邊搖搖晃晃的上樓，像是把睏倦的脾氣全發到我身上來了，真是個焦躁易怒的人啊，我看著他的背影消失在樓梯間，四周頓時安靜了下來。

發脾氣也無所謂，我是不會生氣的，反正他也只是個沒用的人，所有的想法我都可以理解，就像以前的我那樣，把自己關在小房間裡，自以為自己可以決定一切，自以為只要按下那個按鍵之後，一切都會是真的。

我撿起他倒在一旁的掃把，抬頭往樓上望，就算說得再大聲他也是聽不到的吧：

「喂，重複的人生很恐怖啊，如果一直遇到相同的人，那不是一個噩夢嗎？」

像是要印證我說的這句話一樣。幾天之後，我在舊書店遇見了茉莉姊姊。

4 TCFPQ

也一個吃。不可以出門
。妳不需門了，妹我
我每門天，我就要妳只要人直□一我，開吃□可回了
就是都妹會家□路晚門□餐

——刪除簡訊　Y／N

4 TCFPQ

什麼都沒有消失。

她以為她會看到什麼，但什麼都沒有。

姊姊的房間出乎意料的整潔，所有東西都安放在它應該在的位置，她以為至少會有匆促遠行留下的凌亂，例如雜物亂丟抽屜都被翻開之類的，但什麼也沒有少，塞得滿滿的書櫃毫無缺口，書桌前的椅子沒有合上，像是主人不過是去個廁所很快就回來一般。

什麼都沒有消失，姊姊什麼都沒帶走。她低頭看見門框上有一道淺淺的鉛筆痕跡，在米色的牆壁上特別顯眼。

她蹲下來看那個痕跡，上面寫著「門沒鎖」，畫了一條箭頭指向門鎖。

房間裡到處都是這樣的痕跡。牆壁上寫得密密麻麻，不仔細看還以為是螞蟻在爬行，寫著「天亮了」的箭頭指向天花板的燈泡，「這是窗戶」拉一條箭頭指向窗戶，「這是逃生門」拉一條箭頭指向門。不只是牆上，整間連天花板都可以發現這種塗鴉，櫃子上的小裂痕寫著「拉開就可以看見世界」，窗櫺的框框上是「此處螞蟻通行」，簡直像那種隱藏版公仔一樣，在意想不到的地方到處出現。

她仔細的把整個房間檢視過了，除了箭頭以外還有更多更多的字充斥其中，好飽滿的一個房間，她不知道為什麼姊姊要這麼做，只是愣愣的坐在床上發呆，抓抓臉又抓抓脖子，活像一隻猴子。

她不記得姊姊從什麼時候開始有這種習慣的，好像不寫些什麼便無法安定下來似的。牆壁上的字跡清晰有力，一筆一畫都清清楚楚。

木製書桌上也有著一樣的痕跡，大概因為常被手肘磨來磨去的關係，所以字跡已經有點模糊了，旁邊的桌上型電腦靜靜待著，她停下手邊開啟抽屜的動作，伸手去拉窗戶，居然是封死的，只剩下最上面的氣窗還開著，像是勉強開了個維持生存的孔道。她想，姊姊一直都在這樣的房間裡生活。

她是故意的。

姊姊哪都不去，她知道她哪裡都出不去。

※

她想起姊姊在考完大學聯考的那天晚上，獨自一人蹲在廁所裡哭，她聽得格外清楚，躺在床上始終無法閉起眼睛，最後躡手躡腳的滾進了父母房裡。

「姊姊在哭。」她爬上床，趴在母親身上拚命搖晃。

「所以？」母親的聲音含著不耐與倦意，她明白母親不耐煩的原因，姊姊哭過太多次了，可是這次她沒來由的就是放心不下。

「那該怎麼辦？」她想想又問道。

「那我們再生一個姊姊給妳就好。」這次是父親的聲音，她早該知道的，在這種時候怎麼可能會得到正常答案呢？

她走進廁所的時候，姊姊已經不哭了，只是一直在吸鼻子，衛生紙丟得滿地都是，正坐在浴缸裡面一邊接水一邊拿美工刀在手腕上劃。她站在那邊不知道該怎麼開口，只好脫了褲子一屁股坐在馬桶上，姊姊瞄了她一眼。

「我……我上廁所，尿急，想上廁所！」她口吃的解釋著。

「妳的馬桶蓋沒掀。」姊姊以非常冷靜的聲音說著。

她光著屁股跳起來掀開馬桶蓋，坐在上面努力的想擠出一丁點尿，以表示她是真的想要上廁所，可是卻什麼都尿不出來。

「舒婷，我尿不出來。」她可憐兮兮的向她求救。

「去喝水。」

她衝進廚房，倒了滿滿一杯水大口喝下去，冰涼的味道讓她肚子有點怪怪的，然後第二杯第三杯拚命灌下去，再慢慢回到馬桶上。

「喝了。」

「那就閉嘴。」

浴缸的水嘩啦嘩啦的響著，她偷偷偏過頭，想看水滿到什麼樣的程度了。姊姊仍然在不停的劃著手腕，浴缸裡好像有一本書在裡面載沉載浮，紅色的封皮因為吸飽了水腫脹著，她看不清楚書名，但就算看懂了她也是不認得的，況且現在這種時候，還管那是什麼書嗎？但她只是傻愣愣的繼續坐在馬桶上。

她的所有行為好像都很拙劣，她想。

一直沒有血流出來，姊姊好像放棄割腕了，咕嚕咕嚕的把頭沉進水裡，畢竟這樣子好像死得比較快又乾淨，還不用擔心弄髒地板，姊姊好一會兒沒有把頭抬起來，時間彷彿靜止了。

「舒婷！」她大叫起來。

「幹嘛。」水裡傳來嗯哼聲。

「我還是尿不出來！」

「再去喝水。」

她站起來拿了剛才的杯子，走向浴缸彎下腰來撈水。姊姊的頭髮飄浮在水裡，像極半夜裡不斷重播的那些鬼片畫面，她還得在撈水的時候小心不要撈到姊姊的頭髮，不然喝下去可是會肚子痛的。

浴缸裡的水溫溫的沒那麼冰涼，她捏住鼻子喝下第一杯，喝起來有點像游泳池的水，泛著詭異的味道，因為姊姊在裡面的關係嗎？不過第二杯之後就沒問題了，她繼續不斷的撈水起來喝，第三杯第四杯第五杯，她得快一點才行。忘記數到第幾杯的時候，姊姊的眼睛已經露在外面了，跟著頭髮一起漂浮在浴缸裡一動也不動的望著她。接著從浴缸裡面爬起來，嘩啦嘩啦。

「妳每次都讓我過不去。」姊姊說。

她張開嘴巴正想說些什麼，剛剛喝下去的水卻馬上像洩洪一樣流出來，咕嚕咕嚕的拚命湧出，她什麼話也不能講只是望著姊姊走回房間，然後趕快坐回馬桶上，試圖把從嘴巴裡流出來的水倒流進膀胱裡。

「我真的是來上廁所的。」她嘴裡咕噥著，第二天被母親發現昏睡在馬桶上，那一整天她都覺得好像身體裡有東西在搖晃。聽說耳朵進水，只要倒立水就會自動流出來，她那一天只好不斷的倒立以示抗議。

姊姊之後像是自殺成癮一樣，連課也不去上了，就只是待在家裡拚命的做這件事，像是在抵抗著什麼似的，不知道蹺課和自殺哪個比較糟糕，不過還好學校的課也都已經停了，只剩下等聯考成績出來。

沒有人知道姊姊為什麼要這樣做，寄來的聯考成績單被丟在一旁，父親母親拆開來以後，發現姊姊居然可以上得了大學都跳起來歡呼，「這真的是奇蹟！」難得母親會用這種方式說話，雖然一直處於旁觀狀態，但她也是很清楚姊姊的成績有多糟，身為妹妹好像該歡呼一下，但望著一邊是父親母親興高采烈擁抱哭泣，另一邊則是姊姊正拿著童軍繩往窗戶上吊，企圖勒死自己。

她站在中間左看右看，不知道該加入哪一邊才好，最後鼓起勇氣，跑去拉住姊姊已經離開地板的光腳丫。

「舒婷，我要童軍繩。」她說得很大聲，姊姊的眼睛閉上又睜開：「我明天要帶去學校，如果不帶應攜帶物品會被老師揍的。」

「妳不能拿別條繩子嗎？」姊姊發出的聲音好像是這樣。

「家裡就只有一條童軍繩。」她說得理直氣壯。

姊姊從繩子上砰的一聲摔下來，爬起來的時候不斷在流鼻血，沾得滿手都滴滴答答的，面無表情的把童軍繩交給她。

「妳每次都讓我過不去。」

姊姊說，瞪了她一眼搖搖擺擺的走掉了，父親母親正在打電話說要叫披薩來慶祝。童軍繩被姊姊的鼻血染成粉紅色，她怎麼用盡辦法也擦不掉，只好騙自己說那就是一條粉紅色的童軍繩。

姊姊最常對她說的一句話就是：「妳每次都讓我過不去。」

這句話是帶著某種情緒的，姊姊望著她的眼神都像在說這句話，尤其在被互相比較或責罵的時候更為強烈，是她做錯了什麼嗎？她問過母親這句話到底是什麼意思，母親只是一臉憤怒的說妳姊姊腦袋有問題別理她，自從姊姊拒絕上學之後，母親就不斷說她有問題，考上了大學不去念簡直就是神經病。可是卻沒有人去問為什麼姊姊拒絕上學，大概家人都不是可以問這種問題的關係吧，她想。

不過她倒很開心姊姊拒絕上學的這件事情，因為從入學截止日期過了的那天起，姊姊就不再自殺了，這樣她也不用再編造很多藉口去跟姊姊「過不去」，這對大家都好，唯一的問題只剩下母親每天都在電話裡對著親戚哭喊，尖叫自己有多麼命苦養了一隻米蟲，還好每個人都已經習慣了。

姊姊把自己鎖在家裡哪都不去，這讓她的跟蹤計畫暫時宣告破滅，畢竟她哪裡都可以跟，就只有姊姊房間去不得。

她得想別的方法。

※

後來她才學會這一招，幾乎是不假思索就用了，朋友告訴她自己如何用這個方法抓到男友出軌的證據，「所有的對話紀錄都被我看到了啦，他還敢說謊！」朋友氣鼓鼓的向她抱怨，她愣愣的聽著，腦袋裡不自覺勾勒出畫面，最後終於在空檔逮到機會開口：「那個，妳說的程式是要怎麼安裝？」

監視程式是這樣的，在電腦裡面先安裝監控系統。小小的，用一個又一個資料夾隱藏在電腦裡，設好密碼之後回到自己的電腦，一樣安裝相同的程式，取得IP位置之後連線到對方電腦，打上密碼之後，對方的螢幕畫面就會完整呈現在自己的電腦畫面上，連對方現在在瀏覽什麼點選什麼都一清二楚，而且對方絲毫沒有察覺到這件事，輕而易舉。

她下載好程式，找了個機會溜進姊姊房間開機安裝好，簡單到連她自己都不敢相信，不到五分鐘的動作，卻換來了一個比跟蹤更為奧妙的世界。

所有的一切都在她眼前了，這的確是比跟蹤還要更快更好的方法，眼前的姊姊是她從來沒有見過的，彷彿從電腦裡面跳出一個面目模糊的女孩，那個女孩笑容可掬謙和有禮，沒事不會亂畫牆壁也不會一天到晚自殺，清爽乾淨得像鄰家少女，如果不是姊姊喀啦喀啦的打字聲就從隔壁房傳過來，她壓根不會相信，她現在監視的是自己的姊姊張舒婷。

監視，她不是很喜歡這個說法，說白話一點叫做「看」姊姊在幹嘛，但這是只有她自己知道的看，所以該叫做偷看。但她又不是打開門縫在那邊像個小偷一樣窺視，這是好事，她是為了更了解姊姊所做的事情，一切都不是為了她自己而是為了姊姊，不這樣要怎麼增進姊妹情感呢？

於是她每天一回到家就打開電腦「陪伴」姊姊，沒錯，她堅信這是陪伴，默默關心默默守護，不得不承認的是帶了點微妙的親密感，看姊姊看過的網頁，聽姊姊下載過的歌，順便也跟著一起收姊姊的信件。她像看電影一樣坐在電腦前面望著姊姊的一舉一動，滑鼠游標上上下下的點選著，然後在姊姊關機之後對著螢幕道晚安，心滿意足的上床睡覺，明天又將會是新的一天了。

她們做什麼都在一起，這簡直讓她快樂得要飛上天去了，每天下課哪裡也不去就直接衝回家，父母親還以為她有多認真。而她的確是在「認真」的為姊妹感情而努力，光是望著姊姊的滑鼠在螢幕上動來動去就覺得想哭，彷彿姊姊正坐在身旁，如此靠近的對她說話。

她認真相信著，她們姊妹倆的幸福日子就要到來，因為此刻在這個世界上再也沒有人比她更了解姊姊了。

姊姊沒有MSN也沒有即時通，姊姊上聊天室。

※

那是她所發現姊姊的奇妙能力，虛構。

她不知道是對自己本身還是對事物的虛構，因為事實上什麼都不存在，也什麼都真正存在，理所當然的出現在那裡。

姊姊玩了一陣子的網路遊戲，用可愛的人物在那邊互相砍砍殺殺，互相射出奇怪的光炮，她每次看都覺得眼睛好痛好想睡覺。後來才開始改上聊天室，一開始，她以為是姊姊的房間裡多了好幾個人在用同一台電腦，不然怎麼會每個人的講話方式都不一樣？但從來沒有任何人進過姊姊的房間，之後她才漸漸搞清楚，其實那每一個人都是姊姊，那些不停更換的暱稱，看久了之後也自然分得出誰是誰，每個暱稱都像活的，有各自的說話方式或口頭禪，固定上下線的時間，但他們不是任何真實存在的人。

她們都是姊姊。

她從來沒有去過聊天室，高中老師說：「聊天室都是空虛又無聊的人才去的。」但看到那些對話出現在螢幕上時，她仍是忍不住興奮又好奇，有許多不同的世界在她面前展演開來，好像姊姊在對她說故事一樣，用那些虛構的本領。

在TCFPQ出現之前，那些都只是遊戲，真實的虛構遊戲。

「台北↓海鮮披薩（17）」固定出現時間是晚上十點到十二點（暱稱需要設定地區跟年齡，不過簡單幾個數字，就把陌生人之間該問的問題都坦白出來了），總是委屈的說自己是長女，因為要照顧弟弟妹妹所以十二點就得下線，而且相當固守規則，真的十二點一到這個暱稱就消失在聊天室。而「安安！」「葛格你好唷！」這些裝可愛對話是她慣常打招呼用語，因為是音樂班的，所以總是三句不離巴哈貝多芬，高級一點就說到拉赫曼尼諾夫，回話時總是會輕輕做球給別人接，因此看她聊天一點也不會冷場，反而相當有趣。

「台中↓小確幸（25）」就比較不一樣了，多半是在下午到晚上這段期間出現，從不主動密人，都是等待被丟密語，聊天時會提到喜歡視覺系跟獨立樂團，喜歡狂野豪放型的男生，固定打招呼用語是「晚安」、「午安」相當一般，或許是為了配合興趣，講起話來也相當酷，除了「……」也只會講「喔」「？」「嗯嗯」之類的回答，老是有許多人聊了半天聊不下去，但反正一個走了還有另一個。

到了「桃園↓鮮魚公主（28）」的階段，就進入深夜模式了，她告訴每個人自己是正在考教甄的實習教師，在交換過基本資料後，會在聊天過程裡無預警的大聲罵髒話，什麼「肏你媽」、「幹拎老師」等等，這些讓她幾乎不敢相信的話語紛紛冒出來，奇怪的是那些人也不生氣，反而還越被罵越說「騷」，她直覺這是個不好聽的字，卻全身異常的酥麻了起來。

「騷」這個字像是一把鑰匙似的，迅速開啟下一個動作，視窗裡的「桃園↓鮮魚公主（28）」會開始拚命道歉，說自己壓力太大全身不對勁，好像被螞蟻咬一樣無法控制自己。而那些聊天對象彷彿都很能了解似的，安慰的說：「那讓葛格好好來疼愛妳吧！」

那簡直比看電影還過癮，望著那兩串不斷往下刷的對話，她軟綿綿的攤在椅子上，像是有一條蛇慢慢從電腦螢幕鑽出來爬上她的腿，不斷的往裡推進震動，身體變得堅硬起來，冰涼滑溜的蛇繼續爬行全身，吐著絲緞般的舌頭，直到最後視窗被「OHOHOHOHOH……」和「啊啊啊啊啊啊……」佔滿以後，她才喘吁吁的從椅子上爬起來，打開抽屜想找一支溫度計來量量自己有沒有發燒，好奇怪，不然為什麼全身都發熱呢？

像那些參雜在愛情片中不可避免的橋段，螢幕上的兩個暱稱翻身下床，穿起衣服各自回家，乾乾淨淨得不留一絲痕跡。螢幕上的紀錄很快就被更多的對話給啪啪啪的洗掉了，剩她一個人還在那邊發愣，像做了虧心事。

她總在此時開始良心掙扎，到底該不該繼續看下去呢？像是坐在姊姊床頭「陪伴」經過了場床戲一般，她想像著姊姊在牆那端此刻的動作，是不是也像她一樣全身軟綿綿，雙腳不斷開合站都站不穩？但她的想像力實在太過貧乏，怎麼樣都虛構不出個樣貌來。

於是她每天仍繼續在姊姊編織的虛構中生活。一開始她用善良的心情陪伴著姊姊，最後卻搞不清楚是誰在陪伴誰，一天不看到那些虛構的人物她就覺得不對勁，她想知道今天又有什麼劇情什麼對話，每個角色活生生的從螢幕中走出來，背後都有屬於她們自己的故事。她想起以前小時候也曾經有這種緊張刺激的感覺，那是還在每一期追《公主》雙週刊或《花與夢》這些漫畫連載的時候，她總是等不及出刊那一天的最新劇情，等不及知道誰死了或誰又跟誰在一起，明明是假的，卻又真實無比。

為什麼可以憑空虛構出一個又一個不同的世界呢？

她想問但什麼也不敢說，怕開了口一切都會消失掉，難道姊姊身體裡真藏了那麼多人，等到她們逐漸長大變成怪物之後，就會把姊姊撐破爬出來了嗎？

※

她從虛構裡學到了一件事情，就是「名字」或「暱稱」。

是不是叫做不一樣的名字，就會變成另一個人？她從沒懷疑過自己的名字，「張舒涵」，照字典的意思是舒適而有涵養，但更多叫做張舒涵的人在街上走著，也在報紙上看過某個漂亮寶貝叫這個名字，她成為那些眾多舒涵中的其中一個，乖巧不說話的走在大街上，平凡的高中女生。

這沒什麼不好，代表永遠合乎期待。成績不高也不低的掛在中間，心情好就前面一些，反之亦然，升旗時前面永遠有人擋住，隔壁班的男生停下來的原因不會是她，就連花五十塊買樂透也只是那些幾百萬之中的分母，規規矩矩寫字絕對不會跑出框框外，稱不上喜歡或討厭，只是普通。

如果她也能跟姊姊一樣就好了，也變成另一個人，雖然不一定會是姊姊想要的那種，但一定比現在的自己好。

換一個新名字吧，朋友們從來沒有給她取過什麼綽號，總是張舒涵張舒涵的叫。她發現班上的風雲人物都有綽號，那似乎是一種受歡迎的指標，只有超乎期待的人才會擁有那種東西吧，叫什麼「饅頭」、「布丁」之類的，好聽又好記，或是像「阿扁」、「小馬哥」、「謝小夫」那種朗朗上口的綽號，大家都會記得，被記住之後就不再普通，不再是面貌模糊的人了。

擁有名字才會有力量，她試著給自己取過名字，無奈她怎樣都想不出自己特殊的地方，網路上可愛的自拍正妹通常都叫自己「喵」，念起來語尾上揚滿容易裝可愛的。她給自己叫做「阿喵」，望著鏡子裡的自己默念著阿喵阿喵，真覺得自己長出貓耳朵還有一條長長尾巴了，於是滿心期待第二天的到來

「我從現在起叫做阿喵。」才剛放下書包她就迫不及待的宣布。

「喔。」朋友望向她的書包：「張舒涵妳有沒有帶數學習作？借我抄。」

「妳不可以全部照抄喔喵！」她不想一再重複，決定故意在語尾加個喵字，姊姊創造人物都會有各自的口頭禪，她牢牢記住這點，拚命學著「櫻桃小丸子」裡的豬太郎，只是她不是說噗而是說喵。

她一整天坐在位子喵來喵去，真想學姊姊拿枝筆畫個箭頭，指向自己上面寫「阿喵」，但喵到最後她還是只能放棄了，一個沒人叫的暱稱是失敗的，是活不起來的。而她發現更重要的一件事情是，她並沒有那麼渴望成為另一個人。

平凡的張舒涵令她厭惡，但阿喵也將成為一個平凡的阿喵，不管製造出多少個人她都是平凡的。想到這裡她就放棄了，她沒有那種能力足以虛構出另一個自己，那麼渴望成為另一個人。

姊姊一定很寂寞吧，寂寞的拚命創造出一個又一個自己。

所以TCFPQ才出現了。

※

TCFPQ從聊天室走出來，從電腦螢幕裡走出來，伸出手向姊姊深深行禮邀舞。她不記得這傢伙是怎麼從她眼皮底下溜過去的，也許就夾在一堆故事裡，等她注意到的時候已經來不及了，TCFPQ自虛構到真實，大步跨越而來如入無人之境，開啟一場虛構人生的大冒險。

TCFPQ，這是個發不出音來的名字，她要念的時候只能一個一個支離破碎的念，還差點咬到舌頭，一聽就知道不是什麼好東西。她忿忿不平，姊姊被這個傢伙給騙了！怎麼會這麼笨呢，一看就知道是騙人的啊！她想保留姊姊那純潔無辜的處女膜，逼得她焦慮又緊張，忍不住要把網路線拔掉電腦砸爛，好徹底阻止TCFPQ的入侵。但戀愛像病毒一樣，永遠難以預防，更難根治。

TCFPQ，三十歲。住在新竹的科技新貴（她壓根不相信哪個科技新貴會成天掛在聊天室裡，但姊姊相信了），年收入破百萬，他告訴姊姊他寂寞、空虛、常常感覺人生像天空的飛鳥般一去不復返，所以想要到一個遙遠的地方重新開始人生，不然每天實在是寂寞得不得了了啊。

她知道姊姊一點也不在乎什麼科技新貴百萬年薪之類的，那些實際到太過遙遠，但TCFPQ觸碰到了某個「點」，就像按下開關一般，重新開始。

姊姊在乎的東西，姊姊想要的東西，一個同樣寂寞的人還有全新的人生。

她怎麼會沒有注意到呢？

TCFPQ要姊姊跟他走，姊姊就跟他走。

鍵盤上俐落敲下會面時間，正是明天中午。

外頭的雨下得很大，簡直就像世界末日來臨般瘋狂的下著，門縫裡亮著光，她站在走廊上瞪著姊姊的房門看，彷彿忽然有了超能力，可以輕易穿透眼前這道牆。她看見姊姊正跪在床旁收拾東西，所有衣物書籍都被塞進鼓得不能再鼓的大背包裡，姊姊的臉頰滿是酡紅，活脫脫是個為愛出走的小女人。

妳要離開我嗎？

雨下得很大，她不知道姊姊有沒有聽到自己說的話，她也不想知道了。她第一次感到自己站在懸崖上不知該往何處去，四周是無邊無際的荒涼，她只知道自己現在最大的願望，就是這該死的雨可以一直下，下到明天就是世界末日台灣滅亡，下到足以淹死那個該死的TCFPQ。

她沒有敲門，最後還是回到房間裡去，她一定要阻止姊姊，但腦袋一片空白什麼也想不出來，索性穿好整身衣物，搬了棉被睡到門口去，以便有任何動靜她可以立即發現。

隔天雨還是在下，靜靜的雨聲在窗子外蔓延一片，她張開眼睛，發現自己頭下腳上的趴在門板上，外頭仍是一片陰溼。急忙爬到電腦前連上姊姊的螢幕，一片漆黑連開機都沒開。她抓了包包就往外面衝去，水花在腳下濺開啪啪的響得很大聲，外面汪洋一片，彷彿整個世界都消失了，她什麼也看不到，也看不到姊姊。

TCFPQ相當沒創意，選了一根市中心的電線桿當標的物，她來到約定的地方時，鐘才剛敲過十二下。她猛然想起當初約見面的時間是十二點，這個不長不短的數字，她抬頭望著眼前霧濛濛的天空，忽然搞不清楚現在到底是中午十二點，還是晚上十二點。

「管他幾點，反正我站在這邊等時鐘轉過一輪，總會等到他們出現吧？」

她這麼想著，心安理得的在電線桿旁坐下來。雨還在拚命下著，她的腿跟屁股很快就溼了，但她還是繼續坐在那邊，偶爾挪一下位置讓兩邊的屁股都溼得均勻一點，雨像是要回應她昨晚的祈禱似的，不停的越下越大。

當她看見前方的坡道上有大浪襲來時，驚得跳了起來。同時想起自己曾狠狠的說出「世界末日」四個大字。

世界末日，這條街上的所有東西都不斷的被往前沖刷，她急忙抱住電線桿，以無尾熊的姿態拚命往上爬，但根據槓桿原理，通常到一半時就會卡在中間上不去下也下不來，呈現一個極為尷尬的姿勢。

她往下望去，想著或許會在大水裡看見TCFPQ的蹤影，可是她根本沒見過TCFPQ，就算出現了恐怕也不認得，但她還是相當認分的努力往下尋找著，底下一片白浪滔滔。

雨越下越猛烈，她已經看不見街道的痕跡了，不斷有垃圾雜物漂浮過來，還有一些狗大便載沉載浮的漂著。對了，她想起自己是在台北盆地最中心的地方，根據物理原理水由高處往低處流，所以全台北市的水都會往這邊流過來，一直流一直流，直到世界末日。

她害怕得發起抖來，整根電線桿也不斷嘎吱嘎吱響著，前方卻忽然傳來巨大的聲音，有一輛廂型車勇猛的緩緩往前開來，水花在車兩側濺得像瀑布一樣高，她以為是TCFPQ來了，沒想到下來幾個穿雨衣拿麥克風的男男女女，其中一個還扛著攝影機，她才看到車旁貼著好大的英文字「SNG」。

「記者現在站在現場！」

帶頭的女人聲嘶力竭的對著鏡頭叫喊著，嘩啦嘩啦的在水中走來走去：「這裡是全台北市水災最嚴重的地方，現在水已經淹到記者的腰部了，今天的雨勢可以說下得非常驚人，四周的建築物都已經被淹沒，（和旁邊的人竊竊私語）好，記者收到最新消息，根據側面消息因為街道整治不良，才會讓水排不出去，這種事情到底誰應該來負責——？」

一旁的男人女人像合唱團般，超有默契的一同爆出聲音：「市長要負責！」

「市長要怎麼負責？」

「下台，下台！」

「好，各位都看到了，目前的某些群眾正在做一個抗議的動作，關於市長該不該負責這個問題，我們要先聽聽市民的意見。」

女記者忽然抬起頭，望見了攀爬在電線桿上的她，示意攝影機先拍別處之後，也跟著爬上了電線桿。

「小姐、小姐！」

「妳要幹嘛，沒看到這根電線桿已經沒有位置了嗎，幹嘛爬上來！」她心不甘情不願的將身體縮得更小了一點，尷尬的瞪著女記者。

「小姐等一下是不是可以訪問妳，對於市長該不該下台的意見呢？」女記者說：「不用擔心的，我只會問妳淹大水市長需不需要負責，妳就說『需要』就好了，這比考試還簡單，妳一定可以的。」

「為什麼是說『需要』？」她說。

女記者皺起了眉頭，彷彿聽不懂她在說什麼：「妳要說『當然要』也可以。」

「我的意思是說，為什麼一定要說『要』？」

「難道妳覺得市長不用負責嗎？」

女記者帶著責難的表情望了她一眼，慢慢的滑下電線桿揮手叫攝影機過來，她低頭望見攝影機圓圓的鏡頭正對著她，不知道畫面上她的臉會是什麼模樣，一定又腫又肥吧。

「記者現在要來訪問一下其他市民。」女記者又再度爬上電線桿，把麥克風遞向她，她相當佩服女記者可以一邊抱住電線桿一邊拿麥克風的本領，她都覺得自己快要滑下去了：「哈囉這位小姐，今天天氣似乎不太好呢！」

她望了望還在不停下雨的天空：「似乎是這樣沒錯。」

「請問妳現在有什麼感覺呢？」

「感覺快死了。」

「是的是的！妳看水淹成這樣，實在會造成台北市民很大的不便。」女記者繼續說著：「妳覺得關於這件事情，市長需不需要負責呢？」

「哪件事情？」她愣愣的望著女記者。

「哪—件—事—情？」女記者用不可思議的表情望著她，拉長了聲音：「當然是指下大雨淹大水這件事情啊！」

她低下頭望見圓圓的鏡頭仍舊對著她，覺得屁股好溼好難受，為什麼她會在這裡呢？困在這個愚蠢的地方，到底是誰應該負責？

「TCFPQ要負責。」她低聲說。

「什—麼？」女記者張大了嘴。

「TCFPQ要負責，TCFPQ你到底在哪裡？」她終於忍不住對著鏡頭哭了，淚水細細的和雨水混合成一條河流，從臉上不斷的滴下來：「我在這裡，我一直在這裡啊，TCFPQ你為什麼不出現？」

她看見女記者拚命向下揮手，要攝影機中斷攝影。可是她的話還沒有說完，她要告訴TCFPQ她有來。可是她忘記當初姊姊跟他約見面的暱稱是哪一個了，是哪一個姊姊要跟TCFPQ離開？

她放開手讓整個身體往下墜，一屁股把女記者推離電線桿，撲通一聲跳進水裡，兩手兩腳並行的衝向攝影機，把整個身體壓在上面。

「你要負責，淹大水TCFPQ你要負責。」

她抹了一把眼淚鼻涕，把臉整個貼在鏡頭上哭著說：「可是下大雨我要負責，我現在才想起來，昨天是我的生日。」

唏哩嘩啦，雨還在拚命下著，她什麼都看不見。

「是我要世界末日來臨的。」

※

現在她站在這裡，環顧著這個她曾經多麼渴望進來的房間，桌上的電腦螢幕一片漆黑，她曾經從那裡見到那麼多不同面貌的姊姊，那些虛構出來的世界。

可是姊姊已經不在了。

口袋裡的手機又嗶嗶響起來了，是簡訊。她聽見巨大的回聲在屋子裡不斷重複重複，她掏出手機望著，望著。

她想要一個新名字，或者是暱稱、綽號。

一個美好燦爛的名字，另一個人的名字。

她最想要的名字是張舒婷，多麼好聽的一個名字。她或許可以代替姊姊去過那樣的生活，如果姊姊做不到的話，那就讓她去努力吧。

那麼一切，或許也就不需要重來了。

她緩慢而溫柔的撫摸眼前這道門，伸手輕輕轉動門把，發出好聽的聲音，指尖透著冰涼的觸感，姊姊的手心是不是也帶著同樣的溫度呢？她握著門把就像牽著另一個人的手，訝異這其實一點也不困難啊。

那是以前想過無數次，卻始終不敢去做的一個動作。

5 茉莉姊姊

一個人不可以出門，
妳也不需要門了，妹妹。
我就是門，我就是路，妳只要一直幫我開門就可以了。
我每天都會回家吃晚餐。

——傳送簡訊　Y／N

5
茉莉姊姊

現在稍微仔細回想，就覺得一切都是設計過的，日常生活將我帶到一個無法反擊的處境，無法抵抗。設計過的那些路徑帶著我往前走去，無法拒絕。因為我就已經走在那條路上了，那些對話都是預言、某種程度的暗示。

鬼從那些字句裡鑽出來，伺機而動。

他們在提醒我，如此努力的提醒我，一切是不可能重來的。

茉莉姊姊就坐在那裡。

像靜止的風景一樣，我一推門進去就看到她了，連躲也來不及，在我還沒搞清楚發生了什麼事情之前，她就開口說話了。

「歡迎光臨。」她說，朝我露出一個微笑，彷彿兩頰有光。

為什麼茉莉姊姊會在這裡？

我望著她說不出任何一句話，腦袋一片混亂但又無法移動，至少逃走也好，應該趕快從這裡逃走，但我只是愣愣的望著她無法動彈。

「妳是來找於夏的嗎？」她開口問我，聲音就跟我記憶裡的一樣好聽，彷彿每個字都帶著淡淡的香味。

「嗯……」

「那妳要等一下喔，於夏他開車去外面收書了。」

她從櫃台搬了一張椅子出來給我：「有個客人行動不方便，家裡要寄放的書又太多，所以於夏開車去了。」

我猶豫了一下將椅子往牆旁邊靠，坐下來望著她。

整家店又重新恢復寧靜，她轉過頭不再跟我講話，攤開手上的單子看了看，確定之後伸手從旁邊書架抽起一本書，有點熟悉的淺色封面。她在櫃台上打開第一頁開始讀起來，一邊讀手裡一邊拿著尺和筆開始畫起線來，唰唰唰很俐落的聲音飄盪在空氣裡。

那是茉莉姊姊，我忍不住閉上眼睛，那真的就是茉莉姊姊。

過去的人在我丟掉的那一段時光裡自行生長起來了，並以同樣的面目重現，那些日子慢慢長大，並且逐漸往前追了過來。

我不是已經都丟棄了嗎？

※

我是在高中的初春認識茉莉姊姊的，一個非常適合花朵開放的季節，所有一切我都記得非常清楚，那些鮮豔的制服顏色，女孩子裙襬碰撞跟竊竊笑語的聲音，陽光透著燦爛的痕跡印在玻璃上，在這種季節裡甚至連黑板上的聯考倒數日子，彷彿也變得愉快許多了。

茉莉姊姊是轉班生，這樣講只是老師間好聽的說法，實際上大家都知道她是留級生，因為是小學校的關係，一個年級只有五班，所以幾乎每個年級的人彼此都認得，要躲掉什麼幾乎是不可能的事情，尤其是「過去」。

也許我曾經在某個走廊上撞見過她，或是曾經在隔壁間一同上著廁所，但是我卻完全沒有任何印象，只有在教室裡看見她靜靜坐在位置上的那個瞬間，一切才不可思議的鮮明起來。

我們該叫她學姊。身旁的朋友開著這種分不清是惡意還是捉弄的玩笑，但我總自然的叫她姊姊，茉莉姊姊。但她其實也不叫茉莉，每次老師點名點到她的本名時，我都覺得特別奇怪，像是在叫一個不認識的人一樣。

認真說來，我也從來沒有機會當面叫過她茉莉姊姊。

一切只不過是我私底下的稱呼罷了。

像是知道自己的一舉一動都會釀成流言蜚語般，茉莉姊姊很少說話，從不跟班上的任何人交朋友，有時候認識的學妹跑來找她，她會露出那種淡漠的溫和笑容應對，但一看就知道是在敷衍了，我非常清楚那種表情。

說是敷衍或許也不太正確，她只不過是望著跟她說話的那些人，只是望著，應該是說「外面」的人已經無法進到她「裡面」去了，眼睛裡完全沒有這個世界，空空的一大片，但她總是可以平和的將對話延伸出去，在最自然的地方做結束。

茉莉姊姊說不上非常漂亮，但卻是有氣質的那種型，只消一眼就會忍不住被吸引目光的那種，身上的制服緊貼著，胸口空盪盪的平實，學校的體育服是大家公認的難看，但是茉莉姊姊穿起來卻相當自然，她不管穿什麼衣服看起來都很好看，我很久以後才發現好不好看其實是跟人本身有關的，但那個時候，卻只希望自己能穿著茉莉姊姊身上的那件衣服，不管是什麼都好。

她是短髮，頭髮留到肩上很薄很輕，髮尾彎曲短短的往脖子裡收縮，有的時候舉手或晃動身體會從髮間露出耳朵來，一隻耳朵上戴著金色的耳環，光芒會跟著髮絲淺淺搖晃，後來可能是因為太招搖就拿了下來，耳洞空空的懸在那邊，很細小孤單的一個洞。

在高中裡沒有朋友或小團體是活不下去的，旁邊的座位如果是空的，這可是會逼得人崩潰的，不管是體育課的兩兩練習或是手牽手上廁所都一樣，大家都練就了老師一說「兩個兩個一組」時，馬上就能跟朋友牽起手來的功力。四個人倒還好，有的時候剛好是三個人一組的小團體，馬上就會看出人性大考驗的結果了，比較好的一對彷彿有心電感應般，就會用哀戚的眼光望著落單的那一個，一副「我們也不想啊但這也是沒辦法的事情就體諒一下吧」的表情，另一個人除了後悔自己平常太不爭氣之外，還能對朋友說些什麼？如果有些平衡得好的，就是三個人像烏龜般頭朝下緊緊擁抱在一起，口裡說著老師拜託拜託不要把我們分開，幾乎都忘了現在只不過是在上體育課，不是在玩生存遊戲啊。

但茉莉姊姊不一樣，她即使沒有朋友也無所謂似的，一個人做仰臥起坐或是跑步計秒也是理所當然，而每到課堂分組的時候她就會把頭轉過來，隨便對著一群人說：噯我跟妳們一組好嗎，語氣輕得像是詢問而不是請求，沒有人能夠拒絕她，而她也的確完美無可挑剔，要怎麼樣才能像她一樣自然呢？我對鏡子學習她講話的方式，唇齒間的配合跟表情，不管怎麼做都相當怪異，話從我嘴巴裡出來就像劣質品一樣，做作而虛假。

關於茉莉姊姊的傳聞我聽過不少，雖然我並不是一個常常會聽到八卦的人，因為會主動來跟我交談的人實在太少了，在那個學校裡更是如此，光是要煩惱課業的事情就夠辛苦了，所以大家都盡可能選擇輕鬆的生活方式，像是都找可以一起走路回家的人做朋友呀，或是會同樣上補習班的同伴，這樣不管做什麼事情都可以在一起了，而我什麼也沒有，只好常常把自己關進廁所以打發漫長的下課時間，有時候還把便當也帶進去吃。

雖然沒有那種會跟我講八卦的朋友，但是只要在廁所裡就可以聽到不少八卦，女生真奇怪，只要把門關上就以為安全了，會一邊掀著裙子尿尿一邊大聲說著好多祕密事，好像整間廁所只有她和她朋友一樣，我就在那些「這一次月經的量好多」和「我真的好討厭ＸＸＸ」的交談聲中，斷斷續續聽見了茉莉姊姊的名字。

有的說茉莉姊姊是因為懷孕才留級的，讓她懷孕的人是我們學校的老師（或工友，或學長，總之我每次聽到的答案都不一樣），這個時候女生都會壓低了聲音曖昧的吱吱笑，也會有人強力反駁說，明明看過茉莉姊姊在圖書館裡和某個女生摟抱接吻，聲音大到隔幾個書架都聽得見！講得義憤填膺但一被問到細節卻又說不出來了。搞什麼啊，結果大家都是靠著自己的想像在過生活的啊，我忍不住想從廁所裡跳出來抗議，但女孩子們很快的又轉移話題了，在沖水聲中大聲的問起隔壁班的男孩子或昨天的電視節目，接著三三兩兩的走出廁所離開。

她們根本不了解茉莉姊姊。等她們全都離開之後，我才從廁所裡出來，雙手撐住溼淋淋的洗手台，從鏡子裡用力的瞪著她們的背影，她們什麼都不知道。

時間慢慢接近夏天，當天氣開始熱起來的時候，黑板上的聯考倒數日子也開始急速減少，簡直是像瘋了一樣快速移動，即使再不得已，時間也像失速的火車般，把我們全部帶往七月一號。

從早上七點到晚上九點都在念書，不斷滿身大汗的坐在位置上拚命抄寫著，把那些數字或符號給記到腦袋裡面去，生活裡面除了教科書以外沒有剩下任何東西或事情，連去想「為什麼要這樣做」的時間都沒有，低年級的學生已經放假了，開開心心的提前去過可能有海邊或冰淇淋的暑假，只有我們要不斷的回到這個地方來，像個鬼魂一樣回到這個空盪盪的校園，每天早上看著那一張張沒有表情的臉，心裡真的是這樣覺得的，我們全是不斷的回到這個地方來的鬼魂。

簡直就像瘋了一樣。

或許就是因為瘋了，才會發生那樣的事情吧。

一開始被發現在廁所裡的，是隔壁班的女生，總是在頭上夾著玫瑰花形狀髮夾的一個女生。頭趴在馬桶上用美工刀割腕死掉了，血從傷口上像洩洪般流出來，淹滿整個地板。

第一個發現的人是茉莉姊姊，聽說她打開廁所門之後又把門關上，看著地上那個已經逐漸乾枯的血跡，然後轉身走進辦公室。

「老師，有人死了。」我可以想像茉莉姊姊連說這種話都相當優雅。

「什麼？」

「在廁所裡，有人死掉了，靠近樓梯那邊的倒數第二間女生廁所。」

那間廁所馬上被封起來，還煞有其事的在上面寫著大大的粗體「故障」兩個字，但所有人都知道根本不是故障。廁所沒壞，故障的是其他的地方，有什麼東西正啪滋啪滋的開始壞掉了，以一種無法修復的方式斷裂開來。

像是傳染病一樣，當大家還在熱烈討論那個死掉的女孩子的事情時，班上的資優生班長就在幾天後把自己掛上籃球架上吊自殺了，屍體在太陽下搖搖晃晃曬了半天才被發現，因為大家都在念書根本沒人會去球場。

接著從那一天開始，留在學校裡的高三生每天都不斷有人死去，像是接力賽一樣，以各式各樣不同的死法在校園裡自殺，跳樓的跳樓，割腕的割腕，每個人走過大樓底下都還要先抬頭，怕被上面跳下來的人壓到，廁所也不用封起來了因為幾乎每一間裡面都死過人，我們從一開始的驚嚇害怕到慢慢開始習以為常，要習慣一件事情真的非常簡單，更何況反正死掉的不是自己啊。

再也沒有什麼事情是比七月一號的考試更來得重要了。

彷彿心裡都有共識一樣，不管是老師或學生，閉著嘴巴一律對外封鎖這個消息，如果有警察來搜索就糟了，我們還怎麼繼續安心念書？這些日子以來的辛苦不是都白費了嗎？

不行，現在絕對不可以放棄的，絕對絕對。

有時候會看見哭泣的家長來學校找自己的孩子，我們也不知道呢。我聽見老師對那個資優生班長的母親這樣說，他沒有來學校呀？我們同學都沒有看到他，還以為他是自己跑到圖書館去溫習功課了，王媽媽妳要不要再找找看？他真的沒有來學校……我低下頭快速匆匆走過，什麼都沒聽到。

撐到七月一號，無論怎麼樣都要撐到七月一號才行。

由於人數變得越來越少，高三的我們自動集中到同一間教室念書，一樣每天寫著自修或模擬試卷。還是不時有人跑去自殺，尤其在模擬考之後人數會特別龐大，即使老師們每天都在校園裡檢查，也無法阻止自殺的人數減少，也許前一天還彼此交換考卷訂正的隔壁同學，明天就被發現死在花圃裡，一種深層的恐怖，完全無法得知剛剛還笑著的那人，心裡或許已經有什麼默默的崩潰了。

我偶爾會在晚自習時抬起頭來望著那些空座位，大家都低著頭振筆疾書，只有那些空了的座位微微發光，課本參考書都還丟在那邊只是人不在了，空盪寂寥，像一座座小型的墳場。

這是戰爭，確確實實的戰爭。在這種恐怖壓力下，我們反而產生了一種奇怪的衝勁，如果不能承受這種壓力就會像其他人一樣自殺，什麼聲音都發不出的死去，我們書念得越來越勤簡直像著魔一樣，夜裡的自習教室只聽得見筆沙沙的抄寫聲，模擬考成績不斷的飆高，而考差的人有些回到座位上低頭淌淚，有些則默默的從教室裡消失，我們都知道那是為什麼，但誰也不說一句話，不管是安慰或是鼓勵的句子都已經毫無用處了，我們只是低下頭，專注的盯著眼前的考卷。

我們到底在這裡做什麼呢？這樣就可以打贏這場戰鬥嗎？

身邊的人都是敵人，我望著那些跟我一樣眼神恍惚的同學，踏在回家路上的腳步一樣沉重，你們都快去自殺吧，只有我堅持到最後就好，只要我撐下去我就贏了，無論考試結果，只要我活下去就贏了。

只有茉莉姊姊無動於衷，好像從來就沒有在打這場戰爭一樣，她不在乎模擬考也不在乎分數，一發考卷下來她就呼呼大睡，下課時淨是拿自己的私人書來看，封面有著精美的圖案，老師們似乎也已經放棄她似的任由她去，那為什麼茉莉姊姊還要來學校呢？如果不是為了拚聯考，誰想留在學校呢？

是不是因為我呢？我有時會故意走過茉莉姊姊的座位，卻始終找不到可以攀談的話題，看我一眼呀，只要看我一眼，我就知道我可以怎麼和她說話了。可是她始終低著頭繼續看她的書，瞄也不瞄我一眼。

我漸漸注意到茉莉姊姊看書有一個非常奇怪的習慣，就是一定會拿尺在字句下方畫線，畫得筆直的一條線橫過書頁，不只是課本，只要是她的書每一本都這麼做，而且不是一邊讀一邊畫，是一拿到書就立刻翻開來畫線，不畫完就不會去讀它，有的時候畫歪了或不滿意就擦掉重畫，因此我總看見茉莉姊姊在那邊寫寫擦擦，在做這件事情的她異常專注，額頭上冒出細細的汗閃著光，她連擦汗都來不及的拚命畫著，不到畫完手不會停下來，看著看著我覺得這個樣子的她真是美麗極了，一種無與倫比的美麗。

她還在畫線的那本書是《鱷魚手記》，書皮上有好看的暗紅色，膝蓋上的那本是《蒙馬特遺書》，我悄悄記下這些書名，在連鎖書店找出站著翻看，每一個字上面好像都有茉莉姊姊的味道，伸手輕輕撫摸，那些字句越漂亮越精密，我越覺自己粗俗而難堪。

對，正因為我是這樣的人，所以才會做那種事情的吧。

距離七月一號已經沒剩多少天，剩下來的人大多都已經撐過死亡的陰影了，但仍是不能懈怠，繼續每天都準時來學校念書，那天我難得成為第一個到教室的人，可能是因為公車來得早吧，我慢慢走進殘留著粉筆味的教室裡，一個一個的把窗戶打開透氣，忽然發現在角落的地板上掉了一本書，有著暗紅色的封面。

是那本《鱷魚手記》。

這個時候大家都還不會來，我伸手將書撿起來塞進書包裡，沒事的，如果有人在走廊上會響起腳步聲的，我聽見胸腔裡心臟跳動的聲音，分不清是緊張還是興奮，我跑出教室，撞到一個學生之後逃出校門口，站在馬路邊呼呼的喘氣，然後快速的離開學校。

我只不過撿起一本書，只不過是從地上撿起一本書而已。

書上又沒有寫名字我怎麼知道是誰的。

在校門口的馬路發呆了半小時，最後還是一樣正常去上課了。一如往常，只是我不再望著茉莉姊姊的方向看，而是忽然對自己的參考書產生了興趣似的，低著頭猛寫作業。就快可以回家了，正當我一邊想一邊算著第一百零一次的算式時，茉莉姊姊走過來了，朝著我。

「張舒婷。」

這是她第一次喊我的名字和我說話，聲音跟念那些課文或公式一樣平淡毫無起伏，好像我不過就是那些東西其中之一：「請問妳有沒有看到我的書？」

「什麼？」

「書，一本書。」

她像是在猶豫該不該說出書的名字：「那個書就是……就是一本小說，妳有看到嗎？」

「沒有耶。」

「嗯，因為有人說早上看到妳在學校，所以我不知道妳那個時候……有沒有來教室？」

「沒有啊，是不是看錯啦。」

我聽見自己跟她一樣冷靜的聲音，像站在入夜的大草原般清晰而空曠：「妳要不要問問看其他人，我今天很晚才來學校喔。」

我從茉莉姊姊的眼睛裡看到我的臉，原來她看到的我是長這副模樣啊，標準的一臉無辜，這樣的模樣會有人喜歡嗎？

「我知道了。」

茉莉姊姊望著我點點頭，沒有再說什麼的轉身，我看見她繼續去問其他同學，這是她第一次在學校裡明顯露出慌張的表情，嘴唇細微的顫抖著。我伸手將桌上的書跟筆袋全掃進書包裡，鼓鼓的一大包，事實上那天之後我也沒有再去整理書包了，好像一切其實根本就不存在一樣。

不存在。

只不過是一本書而已，又不是什麼貴重物品。

又不會怎麼樣。

事實上，茉莉姊姊也在那之後向我證明了，這件事情到底會怎樣。

六月三十號，大家都早早離開學校，回去準備第一天的考試，臉上明顯寫著解脫了的快樂表情，但還是互相提醒著要帶2B鉛筆橡皮擦，手機記得關機。

茉莉姊姊在晚上爬上學校裡最高的那棟大樓，從上面跳下去死了。臉朝下摔在水泥地裡，像是什麼都不想再看見一樣。支離破碎。

我在電視上看到這個消息的時候，已經是七月三號了，考完試的隔天，像作夢一般恍惚不真實。夾在女明星第一次給誰跟總統要不要下台的新聞裡，茉莉姊姊就這樣出現了，那還是我第一次看到她的學生照，蒼白的臉上披垂著劉海，頭髮將整顆頭蓋得密密實實看不見耳垂上的洞，主播用充滿抑揚頓挫的聲音講著這件事情：「是否因為課業壓力繁重或其他種種原因而自殺？」我走上前啪的一聲把電視關了，像是做了什麼壞事一樣逃進房間裡，雙腳發冷止不住的顫抖。

茉莉姊姊死了，她的七月一號沒有到來，正當我在考場裡拚命寫考卷的時候，茉莉姊姊已經不在了，她撐過那一波校園自殺潮，卻在聯考的前一天把自己給摔得支離破碎，她徹徹底底消失，那個耳朵上細小孤單的洞我再也進不去了，

房間的燈一閃一閃的亮著光，我打開從那天起就沒有整理過的書包，劈哩啪啦把東西全倒在地上，《鱷魚手記》安穩的出現在一堆雜物之間，一切都是真實存在的。

我沒有再看過那本書一眼，連翻都沒有翻開。

並不是看了會感到心痛還是什麼的，只是讓我去想去看的動機已經消失了。如此而已。

為什麼她要自殺呢？我望著天花板不斷閃動的燈光喃喃自語，可以確定的是絕對不是因為課業壓力，她從一開始就不在那個「裡面」了，我想了很多種可能性，或許她在發現第一個女孩自殺的當下，就已經自顧自的這麼決定了？要當最後一個犧牲者，事實上她也真的做到了。

事情被爆出來之後，這件事上了好幾次新聞，我也接過一些詢問的電話，小學校被封鎖之後停招了，校舍拆毀土地後被政府收回去，過不了多久，就再也沒有人聽過那所學校的名字了。

那裡真的變成一個鬼居住的地方了。

一切都被關起來，再也沒有人可以進得去了。

我依然清楚記得那個場景，時間凝固在裡面久久不散，那是我最後一次也是第一次和茉莉姊姊交談，可是卻是謊話。我所說的一切全都是謊話，在她眼睛裡看見的我，只是充滿謊言的一個人。

我是那麼渴望成為她，最後卻只能留給她一張那麼虛假的臉。

就在那個時候，我知道有什麼東西真正壞掉了，啪的一聲徹底壞掉，在我說謊的瞬間就已經修不好了。

留下來的我便成為了一個壞掉的人，繼續長大。

※

茉莉姊姊，我渴望的茉莉姊姊。

此刻她就站在我的面前，下垂的眼睫依然濃密動人，髮尾輕輕晃動著，我想開口說些什麼，但下一秒書店的門就被推開了。

「我回來了。」

於夏氣喘吁吁的推開門，頭髮黏在他冒汗通紅的臉上，身後拉著一個滿是書的小推車。茉莉姊姊沒有招呼他，繼續低著頭在書頁上畫線。

於夏有些吃力的轉身，看見我坐在那裡。

「你好。」我向他打招呼。

「妳來啦。」他一臉尷尬的望著我：「不好意思麻煩妳，但可以幫我把這些書搬進店裡嗎？我一個人有點難弄。」

「好。」我想起於夏的腳一隻不太方便，急忙跑過去幫他。

小推車上有相當大量的書疊在一起，我費了一番功夫才將它們全搬進門，於夏在我身後關上店門，拖拉著他那隻腳緩慢走向櫃台。

「謝謝妳。」於夏朝我點點頭：「剩下來的我來做就可以。」

「接下來要怎麼做呢？」我有些好奇的問：「客人沒有來不是嗎？」

「嗯，因為客人已經死了。」

於夏平靜的說，從口袋裡拿出一個白色信封打開，抽出裡面的信紙嘆了口氣，抱怨的口氣像個小孩子：「實在是很麻煩呢，還得讓那些親戚們檢查，看看有沒有什麼一千兩千的紙鈔夾在書頁之間，所以每一本書都被拿起來翻得亂七八糟，好在最後總算是順利搬回來了。」

「是遺物嗎？」

「應該也不算是，客人活著的時候就先拜託我了，說是只要他一死，就馬上把家裡的書全放來這，還先付了相當大的金額。」於夏攤開信紙亮給我看，上面寫了滿滿的字：

「雖然也會想說，把書放在家裡給小孩子們看不是更好嗎，但這種話是絕對不能講的，所以乾脆就先要求他寫好一張指示，哪一本書要放哪個位置先交代清楚，這樣做事也才比較方便，畢竟人死了就不能發表意見的嘛。」

「是不能過問原因嗎？」

「因為沒有這個必要啊。」於夏繞過茉莉姊姊走進櫃台，茉莉姊姊仍然專心在讀著手上的書，兩個人完全沒有交談，視線跟身體也沒有碰在一起：「只要知道哪本書該放哪裡就可以了，例如說，這本《香水》就被要求和《蝴蝶春夢》放在一起。」

「因為都很變態嗎？」我說。

「大概吧，不過這也是要看客人自己的判斷啊。」

我記得《蝴蝶春夢》是放在最左邊的書櫃，於是伸手把《香水》從書堆裡拿起來，想放到那裡去。

「不不，妳不用麻煩。」於夏慌張的阻止我：「非常謝謝妳，不過妳是來抄詩集的吧，我現在馬上去幫妳開櫃子。」

「沒關係，我想說你可能不太方便。」

「喔，妳是說我的腳嗎？」於夏無所謂的笑笑：「不要緊的，如果因為一點小事就顧慮這個不行那個不行，那該怎麼活下去呢？就算一個人也要做完啊。」

「可是，」我清清喉嚨，指著還低著頭的茉莉姊姊：「她可以幫忙不是嗎？」

「嗯，妳說茉莉嗎？」於夏平淡的說。

「喔對啊，她、她叫茉莉啊？」

「茉莉現在這種狀況是沒辦法幫忙的。」

於夏指指茉莉姊姊，即使我們就站在她面前談論她的名字，茉莉姊姊還是沒有抬起頭來：「妳看，她正在書頁上畫線吧？這是她的習慣，如果拿到一本書不把它從頭到尾畫完線是沒有辦法讀的，只要做了就沒有辦法停下來，連一點點都不行喔，這個時候她也不在乎任何事情，所以要她去做什麼都是沒有用的。」

「如果硬要呢，我是說硬是去打斷她？」

「呃，為什麼要做這種事呢？」於夏微微皺起眉頭。

「我的意思是說如果，」我急忙說：「凡事都有如果不是嗎？」

「這樣她就再也出不來了喔，因為已經進入了自己的世界，如果出了什麼差錯，大概就會永遠留在那個世界裡了吧。」於夏好像很可惜似的嘆了一口氣。

「真危險啊。」我心不在焉的說著，於夏沒說什麼的繼續去工作了，剩我一個人望著還在奮戰中的茉莉姊姊。

果然是我認識的她，依然是那麼樣的美麗，臉蛋姿態都跟我記憶中的一模一樣，甚至還更加鮮明，畢竟她就站在我的眼前啊。

我走近她，伸出手撥開她的頭髮，耳朵上依然有那個微小的洞，一股軟黏的溫度傳到我指尖上，我輕輕撫摸著那個耳洞，試圖感覺凹下去的那個弧度，她還是低著頭不看我一眼，手的動作仍然沒有停下來。

但她不是茉莉姊姊。

雖然她的確在這裡，我還是仍然望著她就心跳加速，但是真的「少了什麼」，以前的那個茉莉姊姊已經消失了，死了，完完全全不可能再回來了。我的眼淚啪搭啪搭的落在地上，臉頰像那個永遠停住的夏天一樣潮溼著。

於夏不知道什麼時候站在我後面，他什麼話也沒說，伸手握住我的肩膀，稍微停了一下就把我往店裡推，店的最裡面有一道往上螺旋的樓梯，很小很窄，我從來沒有進來過。於夏扶著我的背，有些笨拙的把我往樓上推。

「很痛耶。」我只擠得出這句話。

裡面是樓中樓的構造，那是書店的二樓，沒有什麼大型家具，倒是堆了滿滿的雜物跟櫃子，中間清出一塊小小的地方鋪了地毯當作客廳，意外的整潔，正中央的方桌上面只放了熱水壺跟一人份的茶杯，靠角落的地方整齊的堆著枕頭和被子，雖然是木頭隔間但感覺相當清爽。

於夏拿了一個坐墊出來拉我坐下，轉進裡面的小房間拿了幾個茶包，自己也坐了下來，將茶包放進茶杯裡沖水，熱氣冒了出來，他把茶杯推向我，我一邊哭一邊把茶喝了下去。

「這裡是我住的地方。」於夏又繼續沖了一杯茶給我：「只有一個茶杯，所以妳就將就一點吧。」

「嗯。」我不知道該說什麼：「這裡很空。」

「因為沒有必要放其他東西啊。」於夏說：「應該是說，我也想不出來需要什麼。」

「所以你就住在這裡嗎？」

「嗯，每天晚上打烊之後就上來這邊睡覺，因為只是睡覺而已，所以也不需要什麼吧，三餐的話倒是有個小廚房，但是我不常煮就是了。」

「還不錯的生活呢，一個人？」

「一個人。」

「好寂寞喔，可是這裡好溫暖。」

我彎下腰來趴在地毯上，整顆頭躲進了方桌底下，上面的毛球糾結成一塊還沾著灰塵，可是我卻一點也不想移開，身體像是陷下去了般不能動作，我靜靜的躺在那邊，望著於夏藏在方桌下交疊的雙腳，腳上的灰襪破了一個洞露出大腳趾來，我盯著那個破洞，忽然又無法抑止的再次大哭起來。

嗚嗚嗚，我的嘴巴裡飄進了棉絮，但還是無法閉上的哭出聲音，感覺於夏似乎急急忙忙的站起來了，桌子在震動，他好像說了些什麼，但完全被我哭泣的聲音蓋了過去，那樣巨大而絕望的聲音從我整個身體裡發了出來。

為什麼呢？在那一場戰爭之後的成績並不是不好，反而比平常的模擬考成績還要更加高分，幾乎可以填到我想都不敢想的夢幻科系，父母都高興得要命，他們從來沒有因為我而快樂過，那時卻都朝我伸出手來，身為一個這樣的孩子，該是最好擁抱他們的時機吧。

但我什麼也沒做，完全沒有身為贏家的勝利感，一切已經壞掉了，來不及了。在那之前說不定還有修復的可能，但徹底的壞掉之後就失去了意義，即使我已經在那樣的戰鬥裡存活下來，我仍然害怕迎接每一個早晨，怯弱而卑劣的想著怎麼樣才能輕鬆的死去，在網路上加入一大堆自殺家族詢問意見，蒐集所有奇特的自殺方法，但沒有一個死法是我所喜歡的，我總是溜到大樓上望著下面不斷經過的人群，慎重的模擬著下墜的姿勢或地點，或是到便利商店假裝要買烤肉用的木炭，但天知道我根本沒有一個可以跟我一起烤肉的朋友，我根本一無是處，連自殺都要這樣斤斤計較，從頭到腳都一無是處。

我是一個倖存者，根本不是什麼贏家，不過是一個僥倖活下來的人而已。從那個時候就空空的壞掉了，校園裡燃燒的空氣像油彩一樣，沾染在我身上怎麼洗都洗不掉，以前的茉莉姊姊也是一樣，那麼清晰的沾染在我身上，我拚命想成為她那樣子的人，但她根本不在乎，不在乎我多麼想變成她。

她已經不在了，「少了什麼」去了。

「ㄏㄜˊ。」

我迷迷糊糊想著，她的「ㄏㄜˊ」不見了，即使她確實的又出現在我面前，但那仍舊不是她，是不是她已經按下那顆心之後，爆炸了呢？

或許，最後按下那個「ㄏㄜˊ」的人，是我。

※

等我再度醒來之後，看見窗外的天已經黑了，屋裡沒有時鐘，所以不知道確切的時間，空氣暖和得讓我不想移動，靜靜的繼續躺在地毯上，仰起頭來，從桌底的縫隙裡望見緊閉的門。

在過去那個「家」裡，也是這樣的。

彷彿伸出一隻裸露的腳，我無法抑止的踏入過去的河流，那些在我來到這裡之前的事情，那些的確發生過的一切。

房間裡一如往常的陰暗，在那些拒絕出門的日子裡，過了下午如果不開燈就是這種模樣，我用膠帶把窗戶的縫隙都密密封住了，只留下氣窗，如果開了燈可能會亮一些，可是我沒有力氣這麼做，已經無所謂了，我躺在地板上望著緊閉的房門，聽見外面的聲音緩慢穿過門板流洩進來，母親和父親毫不遮掩的交談，薄薄一層門板什麼也擋不住，他們在談論我，以及妹妹。

已經沒有任何事物可以傷害我了。

我聽見門把輕輕的轉動，跟著細碎而緩慢的腳步聲，那是妹妹。我仍然躺在黑暗裡，一動也不動的望著門口，看見妹妹走了進來，臉上掛著歉疚的表情。

但被懲罰的人明明是我啊。我盯著她，吞嚥那些惡意的話語，就要傾洩而出。

「哇，妳醒著啊。」

於夏誇張的拍拍胸口，偏頭望著桌底的我：「看妳躺著我以為妳睡著了，幹嘛突然發出聲音，嚇死人了。」

「……是你啊。」

「嗯，剛剛跟茉莉交代了一下店裡的事情。」

「那她呢？」

「回去了。」

「回去了？她要回到哪裡去？」

「我怎麼會知道。」於夏一臉奇怪的看著我。

「那她待在這邊多久了？我是說，她在這裡工作……」

於夏皺起眉頭，像是我問了很難回答的問題

「這個我也不是很清楚。」

「你不會問嗎？你們沒有聊過天嗎？」
「幾乎沒有。」
「為什麼？」
「因為沒有必要啊。」他說。
沒有必要。
我側了側身子，把臉貼到地毯上摩擦著，真是羨慕他，要是我也可以覺得一切都沒有必要就好了，這樣一定會活得比較輕鬆吧。
「茉莉她……她在找一本書。」
於夏低聲說，聲音聽起來暖烘烘的：「雖然她從來沒有說過，但是我看得出來喔，從一開始就是了，她從一開始進來的時候就一直在找書，我提醒她我們這邊不是賣舊書的喔，她說她知道，態度客氣而有禮貌，她說她繞來繞去，只是在想哪個位置放書比較好。但是沒有，她從來都沒有要放什麼書，心裡有沒有『東西』的動作是看得出來的，她只是不斷的說，等到她找到她的書之後，她要放在哪個位置，非常快樂的說著。」
她的書。
茉莉姊姊在找她的書，她的書……

在我這裡。

「然後呢？」

「於是我告訴她，如果她要的話可以留下來，也許剛好哪個客人來寄放的書，就是她要找的那一本，雖然她不能當客人，不過成為『書店』的話，就不在此限了吧。」於夏望著我說：「不過茉莉工作也的確是相當認真啊，跟我最大的不同是她喜歡書，一間書店有這樣的人在也不錯吧？可能跟妳是一樣的。」

跟我一樣。

我模模糊糊的想著，於夏說她跟我一樣。

「不過要跟一個心裡有『東西』的人交談，是非常困難的，所以我幾乎不會跟她說話，而且也沒有那個必要啊。」

於夏還是習慣性的把這句話掛在嘴上，「沒有必要」、「沒有興趣」簡直就像是他的口頭禪，不過或許也正是因為如此，這家書店才會成為如此放鬆的地方吧，沒有什麼非如此不可的事。

如果是於夏的話，一切都會很順利的。

我從地毯上爬起來，伸手撫摸於夏的臉頰，彷彿孩童般的光滑肌膚，他沒有躲閃，只是一臉平靜的看著我，什麼話也沒說。

「於夏，我喜歡書喔。」

「這我知道啊。」

「所以，或許也可以更幫上你的忙喔。」

「什麼意思呢？」於夏低頭躲過我的視線。

「不能讓我也留在這裡嗎？」我聽見自己輕快的聲音，應該要再開朗一點吧，要再多表現一些強烈的欲望才行：「我應該可以更有用處的。」

於夏嘆了口氣，彷彿鹿般纖細的眼睛望著我：「不要這樣。」

「我是說真的。」我拂開他的劉海，簡直是近乎哀求的盯著他：「於夏，我喜歡你喔。你也不討厭我對吧，如果我可以留在書店裡的話，一定會很順利的，你一個人難道不寂寞嗎……」

他拉開我的手，掌心的溫度熱燙燙的，稍嫌用力的扣住我的手腕，動作毫不溫柔，好痛，難道他已經不想再好好對待我了嗎？

「拜託你，於夏，我也想要和茉莉一樣啊。」我忍不住叫喊起來：「我一定會好好工作的，我們可以相處得很愉快，只要……」

「妳現在又想要逃避嗎？」

啪嚓。

我睜大了眼睛，看見於夏冷靜的眼神。

四周的空氣彷彿瞬間被抽乾般呼吸困難，不應該是這樣的，這句話不應該被說出來。這代表了於夏什麼都知道，他的眼神好像蒙上一層霧氣，代表了他不過跟這個世界一樣，正在陪我演一場虛假的戲。

他們都很清楚。

都張大了眼睛在看著我，看著我因為渴望而拚命掙扎的難看表情。

「我要回去了。」我只擠得出這句話。

於夏沒有叫住我，他沒有叫住我，是因為我還沒告訴他我的名字。我拚命的這樣想著，喘著氣，用盡全力往回家的路跑去。

腳底下的路還很堅硬，沒事的，妹妹還在等我。

我還有家可以回去。

妹妹已經睡了，連一盞燈也沒有留給我，我站在門口聽見自己響亮的呼吸聲，等自己的呼吸完全平順了以後，我才打開門走進去，像是賭氣似的將家裡的燈開到最亮，坐在地板上望著房間，我沒有什麼力氣再站起來了。

妹妹依然熟睡著，我爬到床邊臉枕在床單上，她的呼吸安穩的起伏著，我看見床柱上有她用鉛筆畫的痕跡，上面寫著「失眠」，畫了個箭頭指向她自己。

她失眠是為了等我回來嗎？可是連燈都關了，人也在這邊睡得唏哩呼嚕，根本沒有要失眠的意思嘛！我拚命搖著妹妹想把她搖醒，她動了動人沒醒，倒是從棉被裡啪搭啪搭掉出好多枝鉛筆，都是我之前新買給她的。

這樣的睡臉真教人憎恨。我伸手撫摸床柱上的鉛筆痕跡，摸著摸著扭動拇指，用力想把它擦掉，鉛筆字跡逐漸變成一團認不出是什麼的污漬，卻怎麼擦也擦不掉，在我指頭下糊成一塊像個黑洞般越變越大，越變越大。

黑洞不會消失，只會一直一直擴散長大，在我手裡。

「還好都是鉛筆線，很容易擦掉。」

我喃喃自語的說，一點也不容易，要擦掉一樣東西從來都不是那麼容易。

我伸手撿起妹妹掉在地上的鉛筆，每一枝都被她削得又尖又利，我輕輕撫摸著鉛筆上的尖端，順著我指頭上的皮膚慢慢滑動著，有黑色的碎屑被搓出來。我試了試筆芯的堅硬度，用力將手指彎曲貼緊，把鉛筆往下壓，筆芯順著我的壓力慢慢往下，啪的一聲折斷了，筆身相當堅硬，但多用些力氣還是可以折斷。我深吸一口氣用力往兩旁壓，中間慢慢斷裂開來露出裡面黑色的芯，從中間斷開的切面相當漂亮，有著不規則的邊。

我用手去摸那個內裡，指頭馬上就髒掉了，反正本來就是黑色的。

只要弄斷一枝，那接下來就比較容易了，我把接下來的幾枝鉛筆都相當俐落快速的一一折斷，直到一枝也不剩。為什麼只有我要受委屈，只有我遇到悲傷難過的事情，這個世界也太不公平了吧？怎麼可以只有我在痛苦呢？

我把那些已經不能再用的鉛筆全踢進床底下，伸出滿是黑髒的手指，用力的在妹妹臉上撫摸著，像我對於夏做的那樣。

手指在妹妹臉上留下淺淺的污漬，我彷彿在捏陶土那樣仔細撫摸著，在黑暗的房間裡反覆確認妹妹的樣貌，就像我還在那個「家」裡時做的事一樣，和我相似的眼睛嘴唇，指尖滑過鼻梁成為一座黑色山脈，如果不這樣用手指記住了，很快就會忘記，最後變成一個面貌模糊的倒影，這種事情是需要時間練習的，就和愛一樣需要不斷練習，練習去愛。

但我還要練習到什麼地步？

「舒涵，舒涵快起來。」

我開口喚她，聲音奇異的輕快，每個字句都像飄浮在空氣裡。

妹妹的臉逐漸變得灰髒，應該要重來的。我沒有停下手指的動作，仍然繼續在她臉上塗抹，此刻妹妹的臉不斷在提醒著我，提醒我剛剛其實已經背叛她了，已經準備要拋棄她了，如果不是於夏說出那句話，我一定會毫不猶豫的丟下她，任憑妹妹在這個房間裡腐爛死去，好害怕。但這也是沒有辦法的事情，誰教我就是這樣膽小又自私的人啊。

「我們來玩真心話大冒險。」

妹妹，妳聽得見嗎？我在這裡不斷不斷的練習，練習去愛，練習像個正常人那樣說話，練習不需要經過任何大冒險，光靠自己就可以對妳說出真心話，即使一句也好。

可惜，我最後還是失敗了。

6 真心話大冒險VI

我□□來，
有人我個□個玩們□的□戲
別□玩只，只□我□妳。

——刪除簡訊　Y／N

6 真心話大冒險VI

她抬起頭正對姊姊的目光，聽見張舒婷望著她說：「如果沒有妳就好了。」

在那個黑暗又吵鬧的房間裡。

※

「沒有用的東西。」母親老是這樣說姊姊。

她不懂母親為什麼說這句話，但起初更不懂的是，為什麼姊姊都不做任何改變，她知道要改變自己很難，但只要乖一點就好了不是嗎？只要聽話、不表示自己的意見，不說謊，每天都當個開朗乖巧的孩子，她不懂，這有很難嗎？

假裝當個正常人有這麼困難嗎？

姊姊離開之後她還是過一樣的生活，每天搭一樣的捷運，坐一樣的公車，有時候她會在某個時刻忽然停下腳步，抬起頭想著，不知姊姊此時會在這城市的哪裡呢？是高樓大廈裡的某間狹窄小套房，還是跟這裡截然不同的偏僻小鎮？姊姊會不會在走過某些路時，忽然想起熟悉的一切？

「小姐，妳在發呆嗎？」

是菜市場的攤販老闆，她回過神來甩甩頭，在攤子前停下來，面前放置著巨大的保麗龍箱，她往裡面探頭，一股冰冷氣息迎面而來。

「給……給我一瓶養樂多！」

「啊只要養樂多喔！」老闆低頭摸索著保麗龍紙箱。

「嗯。」

這種攤販總是讓她很懷念，小時候附近的菜市場一大堆隨處可見，大大的保麗龍箱子裡裝著養樂多或冬瓜茶，她和姊姊每次都央著母親買來喝，簡單的快樂就能滿足一下午，她好喜歡，姊姊怎麼就不明白呢？

「姊姊什麼都不知道啊。」她喃喃的說。

「小姐，妳是被太陽曬昏頭了嗎？」老闆探出頭：「要不要去裡面坐一下？坐在那個遮陽傘下面呀！很舒服的！」

她繞進偌大的遮陽傘裡，稍微將下午的豔陽擋住了，裡面一張破舊涼椅靜靜立著，她拍拍灰塵坐了下來，背部緊貼著椅子往後仰，她忽然沒來由的感到安心了，身處在這樣一個短暫的小空間裡，她甚至還悠閒的數起遮陽傘上的花色來。

「老闆，你的養樂多好喝嗎？」她輕聲說。

「當然！我不只養樂多好喝，冬瓜茶棒棒冰也是原汁原味的！」

「老闆你敢保證你說的都是真話？」

「當然保證！」外頭傳來重重敲打胸膛的聲音：「童叟無欺！」

她感到眼睛快閉上了，這張涼椅躺起來讓人昏昏欲睡，低下頭看見老闆的影子落在地上，還好有這麼大的遮陽傘擋著，不然要是有路人看見她，一定會覺得很好笑吧。一個年輕女生在路邊攤躺成這樣，怎麼看都一點也不優雅。

「做生意就是要誠實嘛！」

「老闆，我覺得我好像見過你？」她盯著大陽傘上面的圖案說：「我記得這個陽傘，也記得保麗龍箱，那個時候我跟姊姊都好喜歡用手去摸冰冰的箱子，好舒服喔，然後媽媽有時候會買養樂多給我們喝……老闆，你記得我嗎？」

「記得啊，妳跟妳姊姊長得好像。」

「真的嗎？你真的覺得我們長得很像？」她仍然躺在涼椅上：「那你還記得什麼？記不記得有一次找錯錢給我們的事？媽媽跟你吵了好久，還害我跟姊姊被罵，我拚命想告訴姊姊，說實話啊，為什麼不說實話？但姊姊最後還是撒謊了……奇怪，為什麼我會把這些事記得這麼清楚？」

「因為妳很在意吧。」

「老闆，那個時候，你說的話到底是真的還是假的？」

「我有時候說的話，也可能是假的喔。」

老闆的聲音越來越遠，她望著陽傘發著愣，過了好一會兒才起身走出去，外面只剩下那個保麗龍箱，老闆已經不見了。外面什麼也沒有。她緩緩的用指尖去撫摸箱子的表面，一種堅硬又容易刺入的奇異觸感，但卻完全感覺不到冰涼，反倒比她的手還溫熱。

這個箱子已經壞掉了。

她想。探頭往裡面望去，看見一瓶養樂多靜靜的躺在最下面，躺在已經融化的一灘水裡面。

※

有的時候人會在某一瞬間變得柔軟，甜美，渾身散發香氣。那個時候世界是明亮的，什麼東西從眼睛裡望出去都是鮮豔的顏色，可以用很多東西來形容，例如剛翻開的新書氣味，讀到一句令內心震動的詩句，偶然在街角遇見夢中情人的當下，或者剛寫完一封甜到發麻的情書親手將它封口。

TCFPQ無聲無息消失之後，姊姊也幾乎不再上網了。她起先擔心姊姊又會開始自殺，但後來的一切都很平靜，像凍結的湖面般。但姊姊臉上的表情竟意外的開始越來越柔和，有時嘴角還盈著淡淡笑意，雖然總是在轉頭的瞬間才會產生，但她還是注意到了，那種表情她相當清楚，常常會忽然不自覺的笑出聲音來，天底下只有一件事能造成這樣的狀況。

那就是戀愛。

她後來才知道姊姊的戀愛對象相當強硬，佔據了女人身體裡最寶貝的部位，不偏不倚，剛好是用兩隻手環起會不自覺放在上頭輕輕撫摸的腹部，並且不斷貪婪的吸取她身體裡所有養分，自私自利、任性妄為。

這個戀愛擁有所有人類最糟糕的原始本能，偶爾鬧起脾氣來會讓人噁心反胃，只能衝到廁所去吐個乾淨才好過，而更恐怖的是，這個戀愛只能談十個月，十個月之後不管願不願意，一切都結束了，多麼悲傷，像是懷抱著一個巨大的祕密，而且是個不能說的祕密。

只能用某些不那麼認真的方式被知道。

※

她身邊的男孩穿著短袖，裸露的手臂不斷摩擦著她的肩膀，每碰一下都讓她感覺像沾了灰塵，想要往旁邊挪動拉開些距離，但包廂沙發裡擠得滿滿的都是人，一點喘息空間也不留。她只得努力忍耐，笑容掛在臉上以保持社交禮貌。

她知道自己不應該反感的，這不過是一場很平常的聯誼聚會，男女交錯對坐才能製造話題，光是女孩聚在一起說話有什麼意思？燈光昏暗配上幾杯調酒，所有人都在拚命講話，桌上的幾碟輕食根本無法填飽她的肚子，只得努力專注眼前的話題，對話斷了男孩立刻又再提起另一個，其實用幾句話就可以打發掉的。但這樣也不過是造成尷尬而已，對她的處境一點幫助也沒有。

對面又挪出幾個空位，「等等還有人要來！」她聽見主辦的女孩這麼說，肩膀上還夾著手機。這個夜晚好像正準備無止境的延長，她把注意力放回眼前的飲料，吸了幾口之後，忽然看見姊姊走進來。

姊姊不是一個人的，跟著其他幾個男孩女孩一起踏進包廂，主辦的女孩過去招呼他們坐下。她不知該做什麼反應，相信姊姊一定也看見自己了，但她們誰也沒有主動向對方打招呼，連說句「妳怎麼在這裡？」也沒有，一閃神就錯過了那個時機，再要開口也顯得突兀，太奇怪了，在這麼一個陌生的場合裡。沒有人知道她們的關係，身邊的男孩又開始講話，她忽然沒來由的心安了。

所有人都在開口說話，她聽見姊姊的聲音細細碎碎的飄浮在空氣裡，有種奇異的輕快感，像是另一個人的聲音似的。她恍惚起來，這個人真的是她所認識的姊姊嗎？穿了短裙紮起頭髮，還化了點淡妝，就坐在離她沒幾公尺的地方輕聲說話，不是在那個小房間裡。

等一下散會時能去跟姊姊說話嗎？或者是會一起走路回家？她伸手握住面前的杯子，忽然覺得還沒結束就在想這種問題的自己有點可笑，耳裡聽見主辦的女孩揚起甜甜的聲音說：「喂大家，我們來玩真心話大冒險吧！」

她有時候會跟朋友玩真心話大冒險，這種只適合女生的遊戲，雖然她們之間的真心話，也只是說出喜歡某某某或討厭某某某之類的遊戲，但還是每次都玩得很起勁。她們會約好住在某個女孩的家裡辦睡衣party，這種時候最適合玩一整夜，連睡覺都不用了。玩完之後隔天就覺得感情似乎又更上一層樓，跟那些朋友們竊竊私語手牽手上廁所，上課時傳小紙條，彷彿更有「死黨」或「姊妹淘」的感覺了，真好真好。

直到某天晚上在「說出一個不可告人的祕密」的題目下，（出這個問題的人真蠢，說出來了不就違背「不可告人」的原則了嗎？）她猛然聽見自己當時男友的名字，驚訝的抬起頭來望著那個女孩。

「我現在雖然是跟XXX談戀愛，但其實我知道他有女朋友，我是第三者。」女孩一字一句的說：「他女朋友不知道我是第三者，但是我知道她，他們之間發生什麼事情，我都清清楚楚。」

全場一陣靜默，所有人的目光都轉向她。

她感覺臉上一陣燥熱，好像被人在眾目睽睽之下狠狠打了一巴掌。

「我一直不知道該怎麼辦。」女孩說，眼淚像瀑布一樣嘩啦嘩啦流出來：「我不是故意的，我知道這樣不好，可是我真的好愛他好愛他，沒有他我真的不行，我好愛他、好愛他、好愛他、好愛他——」

屋子裡迴盪著女孩的聲音，「好愛他」的句子像是重播鍵壞掉一樣，不斷重複播放。沒有人說話，她聽見自己劇烈的呼吸聲，女孩抬起哭泣的臉，望著她清晰無比的說：「沒有他我會死。」

她腦袋裡一片混亂，女孩到底在哭什麼哭，該哭的人是她吧！男友劈腿自己朋友，她什麼都不知道，還被第三者當場爆料！現在到底是怎麼回事？不是真心話大冒險嗎，怎麼變成人性大考驗了？女孩為什麼要把這種事情說出來，現在是要讓她當壞人嗎？

她看著女孩不斷哭泣的臉，整張臉變成扭曲的抹布不斷擠出水分，她很想當場叫女孩閉嘴好問問題，髒話大概就是因此被發明出來的，她想。妳這個女人，到底背著我跟我男人在一起多久了？難道都不覺得羞恥嗎？

屋子裡每一個人都望著她，等她開口說話。哭的權利已經被搶走了，那她還能做什麼？像登上舞台角落的反派角色。聚光燈啪的一聲用力的打在她身上，跟她對戲的女主角正等著她的下一句話，全場觀眾都準備看著這場戲結束，她舔舔嘴唇用力咬下一層皮。

「別哭。」

她意外的發現自己的聲音相當鎮定，連一點抖音也沒有：「我相信他的女朋友會原諒妳的，俗話說人非聖賢孰能無過嘛，是人都會犯錯，對不對啊？」

「真的嗎？」女孩說：「所以他的女朋友會讓他跟我在一起嗎？」

「會。」她咬牙切齒的說。

這是真心話大冒險，她卻說了謊話。

像是演員講出最後一句台詞，轉身對觀眾行禮般，全場爆出歡呼與掌聲，很明顯的所有人都鬆了一口氣，女主角流下感動的淚水放聲大哭，眾人開始獻上衛生紙跟擁抱，說著妳好勇敢或是妳好堅強之類的話，沒事了一切都過去了。伸手拍拍女孩的背，大家又和樂融融像姊妹淘一樣，說著大家來吃消夜吧。

只有她被晾在一旁，反派人物或許在快樂結局出來之後就該退場，連一張衛生紙都沒有，只能跟著其他人露出尷尬的微笑，好像剛剛發生的事情不算什麼，她擠到餐桌旁看著大家吃鹹酥雞，女孩伸手叉了一塊雞腿肉遞給她。

「謝謝。」她說。

「不客氣。」女孩笑得溫柔：「我才要謝謝妳。」

現在她重新抬頭，看著斜前方的姊姊露出陌生的笑容，手裡攤開一張張撲克牌，普通的抽鬼牌遊戲，輸贏決定是真心話抑或大冒險。剛剛已經玩過一輪，只是她完全不記得聽到了些什麼，不外乎是一些彼此間流傳的小八卦，有些人已經露出不耐的表情，看來應該是都沒有什麼爆點吧。她想，再這樣下去大概再兩輪就結束了，主辦的女孩似乎心裡也有個底，急忙辛辣提問希望能引出更多話題，可惜沒什麼人配合。

她手裡剛好湊出一對丟出，手裡空了便安下心，身邊的人也紛紛丟牌，她順著目光看過去，發現最後的鬼牌居然在姊姊手上，笑得曖昧的小丑停在掌心。

「啊，妳是……舒婷吧！」女孩還記不太得名字，誇張的笑著：「我還不太認識妳呢，那就告訴我們一個妳從來沒說過的祕密吧！」

「哎唷，那現在講出來就不叫祕密啦！」一旁的女孩子跟著笑道。

姊姊也在笑著，那麼無所謂的樣子。她的心卻緊緊的糾結起來，姊姊會說出什麼祕密？TCFPQ的事嗎，還是自殺的事？雖然這些她都知道……

「怎麼樣，妳要真心話還是大冒險？」

「那就講個真心話吧。其實呢，」姊姊傾身向前，大有一股神祕的氣勢，眼睛在全部人的臉上轉了一圈，卻獨獨漏掉她：「我昨天才發現，我好像有了。」

話懸在空中沒人開口接，所有人的目光不約而同的望向她的腹部。

「有了什麼？」還有個男生搞不清楚狀況，旁邊的女孩忍不住打了他一下：「還能有什麼？」

「不過其實也說不上很確定啦，」她看著姊姊垂下頭來，雙手緩慢按上腹部輕輕撫摸，她發誓，在那一瞬間真的覺得姊姊的肚子好像變大了：「驗孕棒也不一定準的嘛，只是的確月經已經好幾次沒有來了，所以才去驗的，嗯我是不是該去醫院檢查看看比較好？」

這是怎麼回事啊，難道是TCFPQ的嗎？不可能啊！她忍不住想站起來尖叫，但在一片靜默之中，她實在沒有勇氣站起來。這個祕密的威力太過強大超乎預期，已經不是遊戲可以承擔的了，所有人在瞬間都成為這個祕密的共犯。

她在那瞬間才猛然察覺，原來啊，那就是姊姊的戀愛對象。

主辦的女孩急忙開口，向姊姊說了幾句貼心話，她看得出來那不過是為了緩和氣氛用的，她自己也扮演過這種角色。撲克牌回收草草洗過一遍，又再繼續遊戲，只是已經沒什麼人有心思玩了。服務生過來向女孩詢問結帳事宜，幾個人趁機站起來離開，不斷有人自遊戲中脫逃，等她玩到手上只剩最後一張牌，抬起頭才發現，整張桌子只剩下她和姊姊兩個人。

再也沒有比這更尷尬的情況了，在家裡根本不可能出現的畫面，卻在這個鬧哄哄的包廂裡做到了。她望著手裡的黑桃Q，腦子裡亂哄哄的，卻有一個清晰無比的念頭：自己再怎麼樣都要贏這一局才是。

鬼牌在姊姊手上，二選一。

但她知道自己一向很幸運，尤其是在面對姊姊的時候。

沒給自己考慮的時間，她伸手快速抽了牌亮出，是黑桃Q。她掩不住歡快的把兩張牌一起丟進牌堆裡，姊姊彷彿有些驚訝的望著她，遲疑了一下，隨即面無表情的把手中的牌蓋在桌面上，笑容瞬間消失，又變回那個她所熟悉的張舒婷。

「真心話還是大冒險？」她聽見自己的聲音有點發抖。

「妳還沒說問題啊。」

「也是！」她也太過緊張了些，急忙抓過散亂的牌組重新洗牌，有太多的問題想問，可是她知道自己只有現在這個機會，只有現在可以知道自己最想弄清楚的事情，卻又不是光靠一個問題就可以得到答案的。

無法解決時間之下的那些傷害。

「張舒婷，妳……」她的喉嚨好乾：「妳有什麼話想跟我說的嗎？」

「如果沒有，就好了。」

黑暗狹小的包廂裡夾雜音樂與人聲，一切都顯得太過吵鬧，她抬起頭，正對姊姊的目光。聽見張舒婷望著她說：「如果沒有妳就好了。」

※

後來姊姊的肚子就消了，消失得一乾二淨，像是根本就沒有存在過似的，那個包廂裡所發生的事情都彷彿不是真的。她曾經想過，如果姊姊成為「母親」的話，會是什麼樣子呢？會像她們的母親一樣嗎？還是會更懂得傾聽，會更溫柔，成為一個跟現在不一樣的人？

但或許戀愛總有結束的一天吧，如果那真可被稱作戀愛的話。

她是從那個時候開始發現的，姊姊一直在說謊。

說謊，說久了就像真的了。她知道姊姊有那種神奇的力量，姊姊想要一個孩子，或許當真是TCFPQ的，於是就懷孕了。

一切都可以在想像中達成，然後也可以輕易被丟棄。或許姊姊是想要一個東西來拉住自己吧，可惜最後還是放棄了。

捏造所有的情節故事，她早就知道的不是嗎？她該知道姊姊擁有巨大的虛擬力量，只是她沒有想到姊姊的想像從網路裡移到了真實世界，她可以創造出那麼多個自己，那麼要想像出一個小孩，自然也不是什麼困難的事情吧。

這麼說來，姊姊對她說的也是謊話吧，說出「如果沒有妳就好了。」其實都是騙她的吧，雖然想到姊姊居然對她說謊，免不了有點難過，不過因為姊姊已經習慣了嘛，所以改不過來，她可以原諒姊姊的。

一想到姊姊不得不說謊，她就覺得姊姊很可憐，她可以了解說謊話的痛苦與不得已，只不過是為了想要好好的生活下去，她明白的。

是這樣的吧，姊姊？其實姊姊是很愛她的。

她知道。

所以她再也不跟姊姊玩真心話大冒險了。

姊姊開始出門，她也繼續跟蹤，只是不再躲躲閃閃了，大方的走在姊姊後面，姊姊又不是笨蛋，被發現也無所謂，她知道姊姊一定知道她在跟蹤自己，但也不在乎被她知道自己要去哪裡，保持一種微妙的默契，兩個人就這樣相安無事的走在街道上。

所以她知道姊姊要離開。

姊姊離開的前一天去了雜貨店，買了地圖、毛毯被子、外出旅行盥洗包等一大堆的東西，還去領了錢。她站在店門口望著姊姊提著那一大堆東西出來，她不是笨蛋，她其實一直都明白會有這一天的到來，已經無法再忍耐了，沒有任何原因，只是在日常生活的某個點上忽然爆開了。連TCFPQ也留不住姊姊，她想，最後一根稻草也倒塌了，斷掉了，什麼也留不住。

她知道姊姊要走，要去一個很遠的地方，一定是無法輕易到達的地方吧，可是她什麼話也說不出來，只是默默的跟在後頭，連「妳要去哪裡？」都問不出口。

真心話只能說那麼一次。

姊姊在離家門有一段距離的巷子口停住了，轉過身來望著她。這是第一次姊姊在她跟蹤的時候轉過頭來，第一次這麼安靜的望著她，一股強大的預感襲來，平常就算眼睛碰在一起，姊姊也會假裝沒看到她，她們從來沒有如此面對面過。

可是這次姊姊真的轉過來了，那是她幻想過多少次的事情呀，不是遊戲也不是巧合，這次是真的了。可是她什麼話也沒說，只是停下腳步，望著手裡提滿大包小包的姊姊。

姊姊轉過來，張開嘴巴對她說話。

※

是紅心A。

她翻開桌上那張牌，好一會兒才意識到那到底代表什麼意思，急忙回過頭來在牌堆裡翻找，找出三張A以及真正的那張鬼牌。

有人在遊戲裡出了包，可能是玩到一半就想離開的誰，胡亂把手中的牌湊了對便算數，直到現在她開始整理桌面了才發現這件事，姊姊早就已經和其他人離開，她為了幫忙主辦的女孩，自願留下來收拾東西。

她把那張紅心A放進口袋裡，默默的把剩下來的牌組收回盒子裡蓋好，這一付牌將永遠欠缺了什麼，只有她知道，永遠是有缺陷的。

姊姊並沒有抽到鬼牌，是她讓張舒婷手上的那張紅心A成為鬼牌的。

7 真心話大冒險VII

我們來玩，
只有我們兩個人才能玩的遊戲
沒有別人，只有我跟妳。

——傳送簡訊　Y／N

7 真心話大冒險VII

首先來說明真心話大冒險的遊戲規則。

先決條件是一群人，最好是彼此有興趣的一群人，所謂的有興趣是指：A想知道B有幾個男朋友，或B想跟D上床，C想知道他們用什麼姿勢如此等等，如果誰對誰都沒興趣的話，最後真心話就會淪落成「妳穿什麼顏色的內褲」這樣一點也沒sense的低級笑話。

來，彼此手勾手，這有點像是玩碟仙或筆仙，參加的人不能中途退出，然後發誓聽到的所有事情只限於這個晚上流傳，通常要發個毒誓或什麼的，接著是決定遊戲的形式，看是要撲克牌還是抽籤或終極密碼，反正遊戲的過程從來都不是重點，眼睛隱沒在撲克牌之下，彼此曖昧的笑來笑去。這和國王遊戲不同，國王遊戲適合夜店裡喝得放蕩的迷茫氣氛，不是男女一起就不好玩。真心話大冒險適合女孩子玩，比如畢業旅行的旅館房間或失眠的夜晚散步，畢竟男孩子在喝醉或打完群架後，通常就會把所有該說不該說的全部吐出來了呀，而什麼話到女孩子嘴巴裡，就變成祕密了。

所謂的祕密當然是說出來之後才叫做祕密，有的時候聽見了，還搞不清楚是什麼狀況，女孩子就會靠過來咬住耳朵說：「不要告訴別人喔，這是祕密！」喔原來是祕密啊，那麼聽到這個祕密的義務就是，去傳給下一個人。

告訴他這叫做「祕密」，噓。

女孩子說祕密不是用嘴巴說的，是用耳朵、手指、眼神或不小心遺落的紙條等，像雞蛋殼找不出一絲接口般圓潤美好，但你知道有縫。

玩遊戲，輸了，真心話大冒險才正式開始。

輸家有義務回答在場所有人的真心話詢問，不管是多辛辣多隱私都得回答，而且必須是發自真心的，厲害的女生不會在問題表面游移，而是可以穩穩進入核心一舉刺破。

這是個光從問問題，就可以知道彼此功力的遊戲，如果拒絕回答就得展開大冒險，通常是調起一杯綜合醬油沙茶果汁，內容物以當時手邊能夠拿得到的所有東西隨機變換，或是到大馬路上跳豔舞或和第一個碰上的男人要電話之類，完全取決於有多看重這個真心話的程度。

於是即使是早就聽過人盡皆知的八卦傳聞，女孩子們仍然要裝得像是第一次聽到一樣，說著哇真的假的不敢相信之類的驚呼，要是能配上手勢更好。一定要這樣的啊，都已經表示這是祕密的真心話了，如果大家都聽過了哪有什麼意義呢？那就不叫祕密了啊，而且說真心話的人也會因為大家的反應而很開心，想著還好還好，這算是個不錯的真心話！我的人生並不是一點高潮都沒有的喔，至少還有被八卦的價值啊。

我馬上就知道，這會是一個最好練習真心話的方式了。

只有這件事可以拯救我了。

※

那天之後，我不再去舊書店了。日子移動得相當緩慢，失去了慣常的坐標，開始避開所有可能的路徑，即使我從未在街上遇到於夏過，但我還是遠遠離開那一條街，離開書店，離開他。

只是我忽然不知道該怎麼走路了。

我一樣買日常用品，只是花了更多的錢買下大量的食物，多到吃不完的蔬果塞在小冰箱裡任其腐壞，做好的晚餐吃了幾口就全部倒掉，妹妹依然沒有任何意見，看著我任意揮霍那些，明明知道存摺裡的錢以極快的速度被消耗，仍是不能停手，無法抑止的往下跌落。

有什麼東西不對了。我對無法恢復日常的自己感到焦躁不安，於旻說的話還留在我腦袋裡，逐漸形成一個堅硬的殼。有什麼被啟動了，我聽見倒數計時的聲音在我耳邊響起。不管是走在路上或商店裡，它們在提醒著我，彷彿下一秒整座城市就會爆炸毀壞，那其實非常容易。

每到這種時候，我唯一的動作就是飛快衝回家，穿越那些街道與行人，氣喘吁吁的爬上頂樓，聽見自己心跳的聲音迴盪整棟公寓，直到看見妹妹還坐在屋子裡，一臉莫名其妙的望著我時，才終於放下心來。

她還在，只要她還在這裡一切就不會毀滅，只是這件事絕對不能說出口。我可以想出一百種忽然衝回家的理由，趴在床上抱怨著肚子好餓，把屋子每個角落都仔細清掃，近乎瘋狂維持著那些日常。

這樣一切就都會沒事的。

黑夜總是很慢才降臨，我靠在牆邊聽著妹妹淺淺的呼吸聲，彷彿波濤般在整間屋子安靜起伏，只有這個時候我才能放下心來，至少一天又過了。沒事的，妹妹把整張臉埋在枕頭裡，我抬起頭來注視著牆上的「ㄏㄜˊ」，如果到最後還是無法維持的話，還有這個啊。絕對不交給任何人，連妹妹也不行，在一切都還來得及以前，我會親手毀掉所有事物，讓這裡消失得乾乾淨淨。

除了於夏。

我想起他，是了，他的確是特別的。

他是我想像過最美好的人，就連他殘忍的時候也教我無法憎恨，這種人不是容易碰上的。我喜歡他，我捨不得將他毀掉。

我應該跟於夏說祕密的，這樣他就不會離開我了。

當我要跟一個人交朋友的時候，我會說：「哎，告訴你一個祕密。」

只要是人，都喜歡聽祕密。這個字眼帶著誘惑的意味，不管是多麼不熟的人，通常都會停下來等我下一句要說什麼，而要是我說：喂告訴你一個某某某的祕密！聽的人就更多了，豎起好奇的耳朵等待接下來的故事。

我用祕密來交朋友。

我喜歡告訴別人我的故事，那些奇妙但似乎可能發生的故事，然而要說什麼樣的故事，全看我當時所處的狀況而定。

國小的時候我沒有朋友，整天被男生追著丟小石頭、座位上被放蟑螂、認養的花被澆水澆到死光，考試交換批改時，總有人把我的考卷用紅筆塗得髒兮兮，沒有人會幫我，在教室裡沒有朋友的人是毫無地位可言的，一切彷彿理所當然。

後來我終於交到了朋友，但卻是動不動就要絕交的朋友，那時女孩子裡很流行絕交，大概叫做切八段之類的，把兩隻手比成七的形狀橫著放，向絕交的那個對象一邊伸出手，一邊說著我們絕交啦跟你絕交！對方如果同意就用手把它用力劈開。我常常忍不住想，第一個發明這種東西的人真是太厲害了。

我的朋友不斷跟我絕交，幾乎三天就來一次，她的外號是白雪公主，這麼漂亮的女生，根本就不用怕會交不到朋友，那為什麼會找上我呢？或許她只是想要一個不管絕交多少次，都不會受傷的朋友在身邊吧。

那就是我。

每一次絕交我都會哭，哭得像肝膽盡裂似的大哭，好像不哭，就不能證明我是多麼不能失去她，而她對我來說又是多麼重要。

神奇的是，通常她跟我和好的速度，剛好與我哭的激烈程度成正比。

所以我慢慢就學乖了，與其寫那麼多有的沒的道歉信，浪費那麼多香水花朵信紙小紙條，還不如乾乾脆脆大哭一場就可以挽回了，多好。

不知道那是第幾次的絕交，午休時我一個人跑到操場去，想著該怎麼做才能比之前更有效的快速和好，一邊認真的哭著，一邊翻著旁邊的垃圾桶，裡面有剩下的塑膠尼龍繩，我把它撿起來圍在脖子上，就這樣躺在操場旁邊。這樣看起來像是死掉的樣子嗎？我其實並不清楚。

後來什麼事都沒發生，發現我的警衛把我送去輔導室，回來時全班都圍上來了，白雪公主抱著我哭著說對不起我以後不會再絕交了。而從那天起，我再也不寂寞了，每天下課都有人跑來黏著我，要聽我說那天發生了什麼事情。

「自殺是什麼感覺？」

「妳有看到鬼嗎？」

「為什麼妳沒有死掉？」

我說著有啊我看到很多東西，死掉的時候感覺身體都浮起來了，在天空中飛喔，飛呀飛呀不知怎麼的一道光打下，我就醒來了。這個最初的版本在經過一個禮拜之後，變成了有鬼魂帶著我一起飛到地獄，然後魔鬼說我還沒死要回去！對了學校裡面有好多鬼喔。我聽見自己刻意裝出來的發抖音調，妳們看廁所那邊就好多，都會趴在天花板瞪著人瞧呢。

我的版本一天天加深加大，逐漸長出手腳來，成為一個我也不知道的世界了。不可思議的是大家似乎都很喜歡，甚至連隔壁班的同學也會跑過來聽，講著講著，我忽然也覺得似乎真的有那麼一回事，自己真的因為朋友絕交而想尋死，差一點點就要死掉了再也回不來呢。想著想著就忍不住開始掉眼淚，這個時候大家都會過來，對著我說好可憐啊，白雪公主也會來握住我的手，這個瞬間，就是我在學校裡最快樂的時候了。

輔導老師找我談過許多次，我還記得我們坐在有舒適沙發的房間裡，角落堆著一堆鮮豔的玩偶，她望著我憂傷的說：「張舒婷，妳以後會很辛苦的。」

那到底是什麼意思呢？

大家都很喜歡我說的話啊，這些都是真正發生過的事情啊。

我又沒有說謊。

老師，難道妳可以給我朋友嗎？妳可以讓我變成班上的風雲人物嗎？我抬頭望著漂亮的輔導老師。老師妳一定從來不曾像我這樣吧，每天都提心吊膽的被欺負，要犧牲很多東西才能換得一兩個朋友，還隨時處在一切都會崩塌的世界裡，妳有過這種狀況嗎？妳真的能理解我的心情嗎？妳該不是要跟我說什麼：「有真誠的心胸跟健康的想法就能擁有快樂的團體生活！」那種課本上的句子吧？不要跟我說這種連妳自己都不相信的話好嗎？

像妳這種人，這種輕易就可以過正常人生的人，怎麼可能了解我呢？

「老師，」我輕輕說：「我說的一切，都是真的喔。」

現在回想起來，所謂的「辛苦」是指之後的人生嗎，要不斷說謊才能活下去的人生，必須不停編造故事與情節，這樣的人生很不好過嗎？

可是老師，我一點也不辛苦喔。如果可以，我願意這麼一直繼續說下去，一點也不困難的，再也沒有比創造自己的世界，還要更快樂的事情了。

如果朋友A是一個善良的人，聊天時我就會說，其實我從小父母雙亡被姑姑領養，但是因為姑姑家裡有五個小孩，所以我得自己賺生活費，除了平常上課以外一天還兼四份打工，有的時候還會體力不支昏倒被送去醫院打營養針。通常聽到這裡，朋友A就會露出悲傷的表情握住我的手。但其實A也不一定是那麼真心的，只是因為她得當一個善良的人，同情我可憐我便可表示她有多麼善良，但光是這些善意，對我來說就夠了。

換成朋友B，如果她是個女性主義者，我就告訴她我曾經被父親強暴過，男友因為知道我這樣骯髒的身體而不要我，但是我一點也不覺得自己髒，反而還不斷找尋能夠接受我的人，我很堅強的喔沒什麼好隱瞞的，這個時候B會過來緊緊抱住我說：天啊妳真是勇敢，讓我們一起為維護女性權益而奮鬥吧。

如果朋友C是個淫蕩的夜店咖，我就會表示對嗑藥搞三P這種事情完全可以接受，沒什麼大不了。如果朋友D腦袋裡面只有念書考試這幾個字，我就會對他說：人一定要認真才會有美好的未來，為自己的前途奮鬥是件非常棒的事情……不管是ABCD，我都會對他們的個性表現出莫大的興趣，他們都會覺得我是他們那一國的，都會願意跟我作朋友。我終於不再寂寞、不再孤單、不再害怕，任何渴望的事情都會成為真實，彷彿從裡到外變得溫柔善良起來。

我就是這種人，茉莉姊姊遇上我這種會說謊的傢伙是她不對，是她的錯。

我沒有錯。

說謊只是我生存的方式。

要是妹妹也能成為謊言就好了，我常常這樣想著。這樣，她就永遠不會離開我了。

※

撐到最後，終於還是來到這一步。沒有錢了。

我站在刷摺機前，望著剛被機器吐出來的存款簿發愣，上面的餘額讓我相當驚訝，一時之間還真不知道該怎麼反應，「花錢如流水」這一句話此刻不斷在我的心裡擴大再擴大，要命，不是都有謹慎的分配用途了嗎，不是每天都有小心的記在收支簿上了嗎？收支平衡，開源節流。我嘀咕著收支簿上的那句話，所以不管怎麼節省也沒用，我們根本沒有「收」也沒有「開源」，怪不得會落到這步田地，完全沒有收入的日子，錢只會一直萎縮下去，這種事情早在一開始就應該知道的啊。

是我一直假裝沒有這個問題罷了，看來不趕快想個辦法不行，如果要繼續待在這裡的話，就算只買最一般的日常所需，蔬菜水果都買最便宜的好了，也還有房租要付，已經欠了兩三個月都一直沒去繳了，雖然看起來房東也沒在管這檔事，但要是他一時無聊或心情不好，把我們趕出去就糟了。

我裝作絲毫不在意的離開銀行，快速往回家的路上奔去，得先趕快確認家裡有多少存糧，洗衣精不知道夠不夠，這也不能不買，洗澡就用肥皂好了，還有……我衝回公寓門口，正要上樓的時候卻被叫住了。

「小姐。」

叫住我的年輕男子頭戴鴨舌帽，身上穿的制服相當亮眼，我認出那是宅急便的裝扮：

「妳住在這裡嗎？」

「對。」

「妳知道你家的四樓有住人嗎？」送貨員一臉傷腦筋的樣子。

四樓。這一座公寓也只有到四樓，頂樓是我們住的加蓋，所以住在我們下一層的，是房東。

「有住人。」

「那妳知道他為什麼都不收包裹的嗎？」送貨員說：「這裡也來過三次了，只是每次都碰不到人。」

電鈴，我想起房東那個鼻塞的電鈴，應該還沒有呼吸順暢吧。

「我是不知道他為什麼不出來收包裹啦。」我說：「不過能跟你們肯定的一件事，就是他應該還活著。」

「這樣真的很難交差耶，那小姐你可以幫我們拿上去嗎？」

我的「不」字還沒出口，送貨員就從貨車上扛了一個巨大的紙箱過來，用力放在我面前。

「要命。」我瞪著紙箱說：「這都幾乎快跟我一樣高了。」

「應該可以裝得下類似屍體的東西喔。」送貨員說著哈哈大笑了起來，我冷冷的望著他，這可一點都不好笑啊。

「我是很想幫忙啦，不過這太重了我搬不動，我從小有脊椎側彎跟支氣管炎的毛病，醫生說我不能搬太重的東西，不然就會骨頭斷裂，會死喔。」我雙手環抱在胸前，壓根不想碰它。

「小姐，這一點也不重啊。」送貨員用一隻手托起紙箱：「這只是大而已，其實輕得像裡面什麼東西也沒有。」

我伸手搖了搖紙箱，還真的連我都拿得動，看來連最後的藉口都沒有了，我蹲下身子用兩隻手把紙箱抱了起來，送貨員急忙遞上簽收單。

只要拉到四樓，丟在他門口就好了吧！我奮力的往樓上走去，紙箱讓我根本看不到眼前的路，雖然一點也不重，但到了三樓的轉角我還是停下來換了口氣，憤怒的抬頭望著四樓房東那個沒有門鎖的門口。

「這到底是什麼鬼東西啊。」我踢了踢紙箱，上面應該有貼單據的，至少地址跟收件人會有吧，或許也會寫上內容物？是值錢的東西就把它拿走吧。我把紙箱翻上翻下的檢查，終於找到一張薄薄的單據貼在最角落，上面只寫了地址跟一行字。

「T, C, F, P, Q」

TCFPQ，我慢慢的一個字一個字的念著，我知道這些是英文字母，可是無法整個念出聲音來，只能每一個字像碎掉一般念著，寫在地址旁邊，所以應該是房東的名字吧。

TCFPQ，TCFPQ……

我像念一個咒語般不斷重複著，怎麼會有人取這麼一個難念又難記的名字？

T, C, F, P, Q，像是每一個單字都有它本身的意義，T或許是talk，是teach。C可能是cute，是cat。而F……我只能想得到friend。

難念又難記的名字，TCFPQ。

可是我偏偏就記得這樣一個名字。記住了，就不會再忘記了。

還是以前的時候，還待在「那個」房間的時候，在所有線上遊戲都玩膩了之後，我喜歡給自己取很多各式各樣的名字跑到聊天室去，一半是還在鍛鍊自己說謊的能力，另一半則是，沒有比扮演另一個人還要更迷人的事情了。

雖然線上遊戲也很有趣，但是每走幾步路，都會看到跟自己相同裝扮的人也在畫面上晃來晃去。真討厭，不過這也是理所當然的，畢竟我玩的角色跟場景，都只不過是別人創造出來的世界啊。

光這樣是無法滿足我的。

那時候UT網路聊天室相當流行，到處都是在找一夜情跟男女朋友的，小小的黃色視窗，白色訊息在黑色畫面上一波一波被傳遞出來，視窗的右下角有不斷更新的暱稱，總是女的比男的多，小小的名字擠在那兒曖昧極了，台北↓□□（19）、高雄↓〇〇（21），各種縣市意外的在網路上融合了。

我給自己取各種不同的暱稱待在那裡，每一種暱稱的個性跟習慣都不同。

「台北↓海鮮披薩（17）」是個念音樂班開朗活潑的女生，在家是長女因為要照顧弟弟妹妹所以十二點就得下線。「台中↓小確幸（25）」有著一頭捲髮內向害羞，喜歡視覺系跟獨立樂團，常常講不到一兩句話就用「……」帶過。「桃園↓鮮魚公主（28）」是正在考教甄的實習教師，因為常處於焦慮狀態所以聊一聊會忽然大聲罵人，然後再哭著拚命道歉。

這些都是我，多麼有趣，每一個晚上我都展開全新的人生。以虛擬的、想像的、嶄新的身分見人，沒有什麼比這個更適合我了，這就是我的世界。

我一直深深相信，我就是自己扮演的角色。

但是TCFPQ不一樣，他可以給我想要的東西。

如同我第一次用「台北↓徵一夜情ㄉ風（20）」進去聊天，在無數個「安安ㄚ」、「約出來好ㄇ」、「可以電愛ㄅ」把我瞬間淹沒的時候，他只丟給我一句話：「妳想要什麼？」

他知道，在那片寂寞的海洋裡他找到了我，認同我誠實的謊言，像一場完美的性愛前戲般慢慢的和我蘑菇。我朝他伸出手，他輕舔我的腳趾滑上大腿，撫弄我乾澀的陰毛直至乳頭，含住我的耳垂緩慢轉圈舔舐，然後輕聲說：「我可以進去了嗎？」

不行，還不行，我們還沒有經過那些固定的儀式，像是三餐問候你吃飽了沒，睡前故作甜蜜的撒嬌，每日揣摩對方上線的時機。TCFPQ，我甚至還沒有認識你那些名字的意義。

TCFPQ，你願意跟我一起寂寞嗎？

像那些我曾經讀過的美好詩句一樣，太誠實也太準確。如果你願意，兩個人站在一起的寂寞，好像也就沒有那麼寂寞了。

於是我每天用不同暱稱一再試探，不能讓自己的欲望過於顯露。他總是待在那個聊天室，時間久了聊天室的人總會來來去去，網路就是這樣，沒有人可以永遠的待在上面，也沒有人希望一直待著，那樣只不過是暴露了現實中的自己有多孤單，多麼無處可去。

但他一直在那邊，TCFPQ，閃爍著微小的，黃色的光，彷彿快要熄滅了。

和我一樣。

我想要跟他走。

跟TCFPQ約好的那天清晨，下著雨。

雨從前一天晚上就在下了，彷彿世界末日來臨般瘋狂的下著，絲毫沒有減弱的跡象，靜靜的雨聲在窗子外蔓延一片。天彷彿還沒有亮，我張開眼睛，慢慢穿好衣服坐在床上發呆，門縫底下是沉沉的黑暗，全家人都還在夢境裡安穩睡著，而我就要從這裡離開了，他們不會知道。

我終於可以從這裡離開了。

沒有人能再傷害我，就算是妹妹也一樣。

我打開房門，緩慢踏入走廊，小心不讓自己的腳步聲洩露一點痕跡，最後停在妹妹的房間門口，那是我不知道已經做過多少次的動作，站在這條走廊上不知該如何是好，卻總是停在這裡，想著下一次吧，下一次我就能做到。

但這是最後一次了，我就要走了。

我伸手輕輕敲了敲門。

忘記到底等了多久，妹妹一直沒有來開門，走廊的寒氣將我層層包圍，我發著抖快步逃回自己房間，躲進溫暖的棉被裡。

我不能就這樣走掉。對不起，TCFPQ，我還不能走，躲在棉被裡時我不斷模模糊糊的想著，也許走了就再也不會回來，所以至少要對妹妹說點話吧，把所有憤怒發洩出來也好。可是我現在還不知道自己該說些什麼，所以對不起，我還不能走，不能就這樣走掉……

那個時候還沒來。

很快就要天亮了，我翻了個身掙脫棉被，望著窗外的大雨，聽見母親起床的聲音，用巨大的嗓門吆喝著父親去買報紙，又是一天的開始，我彷彿有些安心的繼續躺著，讓時間緩慢離開。

TCFPQ，他是否還在等待？他真的有去等待我嗎，他會等多久？從白天等到晚上？等不到我，他會不會著急的上網找尋我的名字，然後對我大罵不守信用，罵我讓他像個白痴一樣苦苦等待，地上全是他焦躁遺落的菸蒂，一個小時，兩個小時……

他會不會為我擔心，在心裡碎念著我的暱稱？即使我現在躲在這裡，像我躲開了許多事情那樣，一句話也不說的躲開了他。

外面的雨還在下。

一直下一直下，像世界末日來臨一般下個不停。

「TCFPQ。」我望著箱子上的那個名條，顫抖的發出聲音。

我踏上四樓，彎下腰去窺探著那個黑色的洞，從裡面傳來劈哩啪啦的打字聲，那些聲音我再清楚不過了。那是沒有底的，會把人一吋一吋緩慢的吸進去，等到發現時已經來不及了，因為沒有任何現實比那裡更輕鬆了啊。我用力將箱子上面寫著名字的單據撕去。真是夠了，這個人不是TCFPQ，他怎麼會是TCFPQ！我把箱子扔在門口，轉頭逃出公寓。

他不會是TCFPQ，我用盡全力在大街上奔跑著，腦海裡不斷浮現那間房間裡的情景，他根本不可能離開他的電腦他的房間他的公寓，如果他是TCFPQ的話，那不就表示他根本沒有尋找過我嗎？根本不會像個白痴一樣苦苦等待，下雨的那一天，世界末日的那一天，他根本沒有尋找過我，一次也沒有。

我撕毀那張紙條，站在街道中央哭了起來，像個被遺棄的小孩不斷哭著找媽媽一樣，一直相信的事情在眼前崩毀就是這副模樣吧。脆弱得不堪一擊，彷彿世界末日。

※

忘記從那之後到底過了多久，我才倒下去的。

大概是發燒吧，或是某種叫不出名字來的疾病。醒來時已經是下午，我一張開眼睛就知道死定了，全身發熱不斷冒汗，皮膚乾裂粗糙，張開嘴彷彿可以吐出一團火。怎麼會在這種時候生病呢？我忍不住怨恨自己的粗心，這裡什麼都沒有，脆弱的房間脆弱的設備，更脆弱的是我自己。生病的人永遠是最脆弱的，我用薄被把自己捲成一團拚命發抖，不管生理還是心。

我好害怕啊。

我好怕我待不下去想要逃走，我以為自己可以變得很強大，但卻像水草一樣柔軟飄忽，不過是一個可以輕易被折斷的人。

「舒涵。」

我望著正爬起來準備刷牙洗臉的妹妹，輕聲喚她：「張舒涵！」

我的鉛筆斷掉了。妹妹走過來嘴裡喃喃的念著：妳看，我的鉛筆不知道為什麼都斷掉了。

「是妳自己弄斷的吧。」

我軟綿綿的說著：「那個不重要啦，妳看我都快死了。」

妹妹一臉疑惑的看著我，我不講話，盯著她費力伸出手指指額頭，她終於發現我的不對勁了。一臉不知所措，想了半天才跑進浴室，拿了沾溼的毛巾出來擦我的臉，我伸出舌頭舔著毛巾，嘴巴仍然發燙。

妳發燒了？妹妹問。

「這用看就看得出來了吧。」我呻吟著。

妹妹弄來個水桶放在我旁邊，裡面裝著毛巾以便隨時都可以用，還有大量的飲用水。整顆腦袋彷彿不斷灼燒著，沒有力氣睜開眼睛，連妹妹走路的腳步聲都覺得吵，汗水讓我的背黏在床單上，想翻個身都沒辦法，全身都在發燙。

會這樣就死掉嗎？

可是妹妹怎麼辦，如果沒有我她會死掉的，我不能在這裡丟下她。

決定好了的不是嗎，兩個人一起到遙遠的地方去，誰也不認識我們的地方，離開所有人，或許可以去一個永遠都天氣晴朗的地方，只要想就可以隨時看到海或山的地方，用勞力換取生活所需，然後我們就可以跟所有人說，我們是姊妹。

那是一個新生活，我們可以躲在被窩裡互講悄悄話，為著誰穿了誰的漂亮衣服而生氣，會剛好在同一天來月經，然後說著都是你傳染給我的啦！我們可以講話、可以聊天、可以什麼都說，可以分享彼此的快樂與悲傷。

但這，這絕對不是個妄想著不會流血受傷，就可以到達的地方。

我就這樣睡著了，昏昏醒醒，夢裡面不斷作著反覆循環的噩夢，屋子裡空盪盪的，又溼又冷，我靠著牆壁裹緊棉被，望著我頭上那個「ㄏㄜˊ」，它似乎越長越大了，是我的錯覺嗎？

「ㄏㄜˊ」在長大，越長越大，它本來是什麼呢？

要是我就這樣死了，是不是就會永遠留在這個地方了？我迷迷糊糊的想，就跟茉莉姊姊一樣，永遠活在這個誰也不認識我的城市。

不行，光是想像只有我留在這邊，然後妹妹離開這件事情，就讓我難以忍受，她一定會回去的，搭上最初來這裡的公車，安全的回到原來的家。不可以，她不能離開我，那樣的話我一定會用盡所有力氣爬起來，按下那個「ㄏㄜˊ」。

有些東西，按下去就會爆炸。

我發現有人拿著毛巾幫我擦身體，後背奇異的冰涼，輕輕將我的嘴張開，拿小黃瓜給我吃，勉強咬下去了，清脆好聽的聲音。接著幫我換床單、定時餵我水喝，這是誰呢？好像一個姊姊在照顧我啊，想像中溫柔可靠的姊姊。

屋子裡飄起飯菜的香氣，好像很久沒有聞到這股味道了。我張開眼睛，看見茉莉姊姊坐在我旁邊，正把一塊毛巾放上我額頭。

「妳醒了嗎？」

茉莉姊姊平靜的說，望著我的眼睛一點波濤也沒有，像無風的海面。

「妳……」我忽然不知道該怎麼稱呼她，尤其是在這樣的狀況下。

「妳已經退燒了，但是還是躺著比較好。」她靜靜的說：「我把妳的衣服洗了晾了，掛在竹竿上，這裡都是細菌。這一鍋是羅宋湯，妳等等可以吃。」

茉莉姊姊和羅宋湯，好奇怪的搭配。

「茉莉姊姊。」我說，嘴唇不自然的乾澀著：「書店那邊呢？」

「怎麼，我在這裡很奇怪嗎？」她說。

「不是，只是……」

「於夏會在書店那邊，」茉莉姊姊淡淡的說：「他不大出門的。」

原來如此，我以為茉莉姊姊只是存活在書店裡的人，但不是，她走出書店，現在有血有肉的出現在我面前，細軟的指頭輕觸著我的臉，我一切都錯了。

妹妹，在我昏睡過去的這段時間裡，妹妹去哪裡了呢？

我掙脫茉莉姊姊的手爬起來，房間已經被收拾得乾乾淨淨，每個角落都恢復原狀，但是正中央那張床空無一人，床單棉被整齊的疊放在上面，我無法抑止的全身發抖，扶著牆壁往門口走去。

「妳要做什麼？」茉莉姊姊皺起眉頭，伸手擋住我：「外面很冷，妳這樣出去會著涼的，病還沒好啊。」

「妹妹呢？」我聽見自己乾裂的聲音。

「什麼妹妹？」

「妳沒看到嗎，我家……妳來這裡的時候沒有看到嗎？」

茉莉姊姊看著我，仍然是那張看不出情緒的臉。

「這裡，一直都只有妳一個人喔。」

妹妹不見了。

於夏是傍晚的時候來的，在茉莉姊姊來照顧我的第三天出現，那個時候我正蹲在外面刷洗我的內衣，即使茉莉姊姊說她可以幫忙，但這種東西還是要自己來比較好吧。我身上穿著妹妹的罩衫，因為發燒的時候衣服都換洗光了，現在全塞在洗衣機裡冒著泡泡。

「晚安。」

我轉過頭來，看見於夏站在樓梯口。

他手裡提著一袋東西，因為往頂樓的入口相當狹窄，所以他微微的彎下身子，身上穿著一件我沒見過的海藍色襯衫，但仍然是我所熟悉的於夏。頭髮在我不知道的時候變長了很多，我們有這麼久沒見面嗎？新長出來的頭髮像是睡歪了一樣翹起來，我真想伸手去摸一摸。

現在他站在這裡，就像一個真正的人了，站在這個小小的頂樓裡。

站在書店裡的時候，我總覺得他距離這世界很遠，但此刻，卻覺得好像一伸手就可以摸到他一樣，真正是有血有肉的人。

「晚安。」我遲疑了一下，把手裡的內衣扔進盆子，兩手往身上胡亂的擦去。

「我帶了一些東西來。」於夏說，提起手上的透明塑膠袋，我看見裡面有生鮮肉類的包裝，幾顆雞蛋還有一些水果，大概都是剛剛才去買的吧。

「真難想像你去買東西的樣子。」我說，望著他那隻行動不方便的腳，他要爬上來一定相當辛苦吧。

「沒辦法，茉莉要我買一些東西過來。」於夏抓抓頭，他的頭髮翹得更厲害了：「她說手空空來不太好，不知道為什麼她總是很懂這些……」

「人情世故嗎？」

於夏聳聳肩，露出一個無所謂的笑容，轉頭望著鐵皮屋。

「這裡就是妳家啊。」他喃喃的說。

「不是啦。」我淡淡的說，轉身帶著他往屋內走去：「這只不過是我住的房間而已。」

食物的量異常驚人，桌子上除了茉莉姊姊煮的那一大鍋羅宋湯外，還滿滿擺著菜餚。她做了超大分量的煎蛋卷，裡面包著菠菜跟火腿肉，桌上擺著香菇、炒蛤仔還有一整條魚，魚身相當漂亮一點都沒有焦掉，炒得發亮的芥藍綠油油的，還用大量的辣椒做了三杯雞來吃，牛肉也是驚人的厚，但每片都熟得很均勻。這也讓我發現到，我是真的很久沒有吃到正常的東西了。我們把方桌移往正中央的床，就這樣背靠著床柱吃晚餐。

「太神奇了。」我說。

「這真的是很厲害。」於夏含糊的說著，嘴巴裡還塞著食物又伸長了筷子。

「都只是看書就學得會的東西。」茉莉姊姊把面前的牛排切塊，刀叉發出輕微的碰撞聲。

「喔這個……」於夏把嘴裡的辣椒吐在桌子上：「好辣。」

「沒禮貌。」茉莉姊姊瞪了他一眼，活像在教訓不聽話的弟弟。

「怎麼學會的呢？」我咬了一口青菜，鮮甜的味道在我嘴裡擴散開來，總覺得會做菜的人感覺就相當可靠，可靠的姊姊，我心裡浮現了那麼一句話。

「嘿，店裡不都有書嗎，有一本本的食譜放在最下面的櫃子裡。」茉莉姊姊笑了笑，伸出纖細的手指比畫著：「那些書我都看過，這樣咻咻咻的讀完了，那麼會做菜也就不是什麼稀奇的事情吧。」

「她說的咻咻咻快速讀法，就是那樣在畫線。」於夏轉過來靠近我的耳朵輕聲說，嘴唇因為辣椒的關係而微微發紅：「她自己沒有感覺而已，她不知道自己是靠那樣來讀書的，只會知道自己讀了，卻不知道畫了線。」

「但也不是每次煮都這麼豐盛的，」茉莉姊姊一本正經的說：「現在是因為人多。」

「人多。」於夏點點頭：「所以是宴會嗎？可惜只能用這種盤子裝。」

他指的是我們的餐具。墊在食物下面的，全是那些生鮮食品剩下的盒子。沒辦法，我們平常的廚房器具本來就不多，現在一下子多了兩個人，碗筷也只能勉強把家裡有的搬出來湊合，好在還有裝湯的鍋子可以用。

「沒辦法。」我說：「我們也只有兩個人而已，煮飯用的工具本來就不多。」

「兩個人？」於夏說：「我以為妳是一個人住。」

「誰跟你這樣說了？」

「感覺起來。」

「又來了，又是『感覺起來』，這是什麼鬼話。」

「如果硬要說的話，就像是兩個相同的圓形，或矩形，或三角形，你知道它們長得一樣都是同樣的形狀，大小尺寸也完全相同，可是你就會覺得左邊的三角形好像多了一公分，矩形的一個角好像歪了還是角度不對，圓形怎麼越看，越像是哪邊腫起來了呢。」

「那種東西。」我相當不滿的說：「用尺量不就可以解決了嗎？」

「不是用尺量不量的問題喔。」於夏搖搖頭，非常認真的糾正我：「感覺這種事情，怎麼可以用差了零點幾公釐，或有沒有直角就解決的呢？」

「好模糊啊。」我低下頭，不想回答這種問題。

「該怎麼說呢，屋子裡是一個人的氣息，不是靠擺設，而是一種定義，」於夏說：「應該說，一走進來就覺得『啊，這就是一個人的房子』這種意思。」

「我明明就跟你說過，我有妹妹。」我沒好氣的說。

「有嗎？」

「有。」他忘記了，我像被繃緊的弦一樣掐得緊緊的。

「那妳說的那個，妹妹呢？」

又來了。

我應該說謊的。茉莉姊姊和於夏都放下筷子望著我，可以描述很多細節告訴他們，我抓著塑膠湯匙在嘴裡咬得咖啦咖啦響，明明可以編造出很高明的謊言的，我試圖清清喉嚨，他們什麼都不知道，一定不會拆穿我的。

「她本來還在的，」我的聲音又急又快，在嘴巴裡糊成一團：「我們約好了，真的，兩個人一起搬來這個地方住，所以才在這裡租了房子……」

「所以說，妳們是想要過只有兩個人的生活？」

「對。」我點點頭：「不過不要誤會了，這可不是因為跟父母吵架，或是想獨立過日子試試看，這種愚蠢的理由喔。」

「什麼理由都沒關係吧。」於夏抓抓頭。

沒關係。

我望著正低頭夾菜的於夏，感覺心底像開了個大洞不斷下墜。

他怎麼可以這麼輕易的說這種話？

「為什麼？」我的聲音發著抖。

「什麼為什麼？」於夏說。

「為什麼沒關係呢？」我勉強撐出一個微笑：「也許我們是亡命之徒啊，或是殺了人才跑到這裡來的喔。這樣也沒關係嗎？你們現在可是在跟殺人犯一起吃飯喔。」

「殺人犯。」於夏吞了一口口水。

「殺人犯喔。」我拿起叉子在空中作勢揮舞了幾下。

「所以會把我們都吃掉嗎？」於夏手指著裝羅宋湯的鍋子，裡面的湯已經被我們喝得一乾二淨了：「裝在這樣大小的鍋子裡？」

「我可沒有跟你開玩笑喔。」

「我也沒有。」於夏一臉正經：「如果要吃的話，我壞掉的那條腿可不好吃。」

「不好笑，這個笑話……」我笑著，臉都要僵掉了。啪搭一聲，用力把嘴巴裡的塑膠湯匙咬破。

好痛，我用力把碎片吐在桌上，看見於夏驚慌的神情，眼淚劈哩啪啦的掉下來。什麼嘛，我也想知道妹妹到底在哪裡啊。

晚餐的碗是茉莉姊姊洗的，我躺在床上聽見外面傳來嘩啦嘩啦的洗碗聲，於夏稍嫌笨拙的收拾著桌面，沒有看我一眼，等到一切都清理完畢，茉莉姊姊朝我們走過來，低聲說她得回去了。

「於夏，」茉莉姊姊瞄了他一眼：「你就在這邊好好照顧她吧。」

「這樣不太好意思……」我掙扎著想從床上坐起來，茉莉姊姊搖搖頭。

「沒關係的，反正這個人平常也沒什麼事要做。」

「喂，話也不是這麼說的吧。」於夏扁了扁嘴。

「那個，雖然我不知道妳們是殺人犯還是什麼的，」茉莉姊姊說，聲音微弱卻仍準確的傳進我耳裡：「不過要到這樣一個地方來，也不需要什麼理由吧。」

「不需要理由？」

「到任何地方去都不需要理由的。」茉莉姊姊望著我，一字一句清晰的說。

即使行動不太方便，但於夏還是很盡責的待了下來。他把一切都收拾乾淨之後，倒了一杯溫水給我，「妳慢慢喝。」接著像是怕我再次大哭似的，準備了大量的衛生紙放在床邊，然後從櫃子裡拿出棉被鋪在地上，就在床的正下方。

這些事情都做完以後，他彷彿有些尷尬的跪坐在棉被上，抬頭望著我。

「你不用理我沒關係。」我吸著鼻子說。

「話也不是這麼說，」他嘆口氣：「照顧妳倒說不上，但陪陪妳總是可以的。」

「謝謝。」我只能道謝。

「還是早點睡吧。」

他聳聳肩，爬起來伸手關了燈，整間屋子暗了下來，什麼也沒有。

我把被子拉得更緊了些，聽見於夏躺了下來，翻動棉被窸窸窣窣的聲音，微微的呵欠，以及刻意壓低的呼吸聲，每一處都在提醒我這裡有人，我不是獨自一個人的。

「啊，是那個燈泡。」於夏的聲音帶著笑意傳過來，大概是剛剛才注意到那顆燈泡的吧：「是我給妳的那顆吧？」

「你記得啊？」

「嗯，有書店的氣味呢。」

「一帶回來就裝上去了，我和妹妹都很喜歡喔。」

「又來了。」

我將身子往床沿移動，眼睛已經漸漸習慣黑暗了，看見於夏坐了起來，頭靠在我的床邊，離我不到一公尺的距離，呼吸聲很近很近。

「是真的，我沒有說謊。」我努力的想要開口解釋，聲音聽起來都不像自己的了，在黑暗中變得乾燥難耐：「妹妹她，和我一起來這裡，我們說好的，搭上一輛隨機的公車，不管是什麼地方都可以，只要兩個人在一起就好……」

「嗯，」於夏的聲音帶著節制與冷靜，還有一些憐憫：「然後呢？」

「然後我們就在這裡生活啊，每天都過得很快樂，兩個人一起吃飯，一起洗衣服，一起做很多很多的事，只是你都不知道而已……」

「我都知道。」

「妹妹呢，她到底去了哪裡？為什麼現在會變成這樣？」

「好了。」他的眼睛在黑暗中閃著光：「不要再想了。」

「為什麼……不可能啊，我怎麼可能不想？」

「不要再去想了，我知道……」

「你知道什麼！」無法再忍耐了。我聽見自己緊繃的聲音發出怒吼，高亢而尖銳，整個房間都在震動，真的是好難聽啊：「你如果知道的話，就不會用這種方式跟我說話！這種看待可憐蟲的說話方式，你在同情我嗎？」

「我沒有。」

「你跟妹妹一樣，都在同情我嗎？」

「沒有這個意思。」

「什麼嘛！動不動就用那種眼神看我，好像妳受了多大的委屈一樣，明明已經佔盡所有的好處啊，明明每次被懲罰的人都是我啊，妳不知道嗎？這樣還不夠嗎？我到底做錯了什麼事？」

於夏是故意的，我聽見自己的聲音在嘴裡碎成一團，抓住床單的手不停顫抖，無法抑止，沒有任何人可以阻止我了。世界在毀滅，我渾身上下充滿惡意，就要說出那句傷害的話語。

「如果沒有妳……」

「妳愛我嗎？」

我的聲音停在半空中，於夏仍然背對著我靠著床沿，聲音柔嫩彷彿孩子，但堅持著又問了一次：「妳愛我嗎？」

於夏，為什麼？

你知道我的答案的，如果不愛，一切就沒事了。這是我的問題嗎，是不是從一開始就錯了呢？什麼也看不清楚了，我再也說不出任何一句話。

為什麼我還待在這個地方呢？妹妹。

不要再去想了。

於夏轉過身來，伸出雙手環上我的肩膀，沒有任何空隙與遲疑，彷彿太過疼痛似的，用盡全力抱住我。

「舒婷，」他的聲音又輕又緩：「夠了，已經可以了。」

啪嚓。

我聽到有什麼東西裂開的聲音，被於夏緊緊抱住的我無法動彈，只聽見四周不斷傳出崩落的聲音，彷彿整個黑夜都在震動，啪嚓啪嚓，天花板上落下粉塵，窗戶發出劇烈的顫抖，撒了一地的玻璃。

深深的黑暗。從現在起，才真正在我眼前展開它的樣貌。

我好像聽見母親的尖叫聲，好半天才發現那是從我自己嘴巴裡發出來的，夾雜了鼻涕眼淚，那樣難看的哭泣著，像死抓玩具不放的小孩子，太過悽慘了。

「為什麼？」我開始一邊哭一邊拚命搥打他，抓住他的頭髮拉扯著，卻始終無法將他推開：「你為什麼要說出來，連你都背叛我，跟這個世界一樣不聽我的話了，為什麼要這樣傷害我！」

都是妹妹的錯，世界在我面前徹底崩壞，這全部都是妹妹的錯。

一切都要消失了。

於夏不再說話，連一點聲音都不再有了，彷彿叫喚我的名字這件事，就已經用盡了他全部的力氣。他的頭軟軟的垂在我的肩膀上，逼著我不得不清醒過來。

「於夏，於夏……」

我的臉緊貼他的耳朵，靠得那麼近，卻什麼也聽不到。

「於夏，我其實最喜歡夏天了喔。」我用力搖晃著於夏的手臂，不停拍打著，把眼淚鼻涕全擦在他身上：「你知道嗎，那麼長的一個假期，長得教人不耐煩，當終於到了極限的時候，就彷彿又可以重新開始了。」

「喂於夏，你聽我說。

「你不要離開我好不好，我們一起留在這裡好不好？」

※

還有啊，於夏。我跟你說我喜歡書，這不是騙人的。

除了說謊以外，還有什麼東西是可以把別人輕易帶入另一個世界呢？只有書了吧，有的時候我也會失去虛構的能力，漫無邊際的待在那個黑暗的世界裡走不出去，那時只有靠書裡的世界可以把我解救出來，我可以在那邊安全自在的存活著，裡面的我說著迥異的語言，過著不會重複的日子，每一天都新鮮，每翻過一頁都值得期待。

但那終究還是別人的人生。

「已經不行了。」

這是最後一次，我往熟悉的那條路走去，舊書店的門緊緊關著，一如我當初來時的景象，已經不需要猶豫了，我推門走進去，看見茉莉姊姊坐在櫃台裡，微微的低著頭，頭髮垂下來蓋住眼睛。

茉莉姊姊沒有抬頭，那個晚上的溫柔已不復存在，手裡啪嚓啪嚓的畫著線，我靠近她身邊去看，那本書是我一直在抄寫的詩集，原先的線已經被擦掉了，留下深淺不一的印子，茉莉姊姊又再度在上面畫了線，不停重複著。

不斷畫上的線，又直又長的線，永遠不會離開軌道的線。

我繞著屋子走了一圈，什麼都沒有改變，書還是靜靜的放在那裡，但後頭通往二樓的梯子已經消失了，失去了存在的必要，因為於夏已經離開了。

我比任何人都清楚。

他就這樣走了，我硬撐著不想閉上眼睛，從黑夜堅持到清晨，拚命呼喊他的名字，可是於夏還是從那個縫隙裡消失了，離開了再也不會回來。

風從沒關緊的門縫吹進來，潮溼而溫暖的風帶著海水的味道，是夏天，夏天來了。於夏在夏天離開，這就是他的意義了。

我站在書架前面，從外套裡抽出那本書，輕輕的把它放在最完美的位置，我從一開始就想好了，如果可以的話，這本書一定要放在這個位置，非如此不可。

《蒙馬特遺書》現在和它整齊的並排著，看起來非常美麗。

這樣就可以了吧，茉莉姊姊依然專注的畫著線，嘴角勾起微微上揚好看的弧度，淺淺的微笑著，彷彿與其他任何東西都無關般活在自己的世界裡。但是她已經釘在我的心裡了，像一枚柔軟的釘子那樣，深深進入。

「茉莉姊姊。」

我望著書架喃喃的說，彷彿看見她穿著高中制服，坐在當時的座位上低著頭看著書，窗戶外的光優雅的照在她身上。我真的好喜歡好渴望那樣的她，但那些記憶，已經像被海水沖洗過的沙灘般輕易的就消失了，沖洗得乾乾淨淨。

茉莉姊姊，對不起，妳已經不需要再成為書店了。

我轉身往回家的路上跑去，裂縫一直跟在我後面，毫不放棄的追趕著我，我聽見街燈在我身後破裂的聲音，走過去的人一個接一個消失，周圍的房屋開始一吋吋崩壞倒塌，太陽也慢慢暗去了，沒有光，我搞錯了，從一開始就沒有。

我已經沒有任何力氣再維持這個世界。

已經殘破不堪，這是只屬於我的，一個可以放心哭泣的世界，一個總是憂傷的世界，一個不會背叛我的世界。

我以為，我們可以永遠很安穩的躲在這裡的。

我要回去那個家。

我要去按下那個「ㄏㄜˊ」。

我要讓所有東西都被炸得乾乾淨淨，這個世界已經不需要了。

沒有妹妹的世界我不需要。

※

我不記得自己是怎麼走上公寓樓梯的，四周仍然在不停碎裂，手才剛放上手扶梯，把手就斷裂了，裂掉的部分滾到樓下去咚咚的響。沒錯，我已經無法再去虛構這個世界了，所有的一切都會毀掉，我站在四樓停留了好久，望著房東門口那個被挖掉的門鎖，黑黑的洞像失去瞳仁的眼睛，望著我。

那是黑洞。

可以容納任何骯髒污穢的黑洞，好溫柔的黑洞。

那是TCFPQ。

我推開那道門，距離我第一次進來這裡已經過了很久了，屋內依然相當凌亂，到處充斥著詭異的氣味。我輕輕繞過玄關堆積如山的垃圾走進房裡，他依然背對著我緊盯螢幕，手裡啪搭啪搭的打著鍵盤，不知道我正站在他身後望著他。

「TCFPQ。」

我盯著他的背影輕聲喚他，艱難的吞嚥口水。

房東，不，TCFPQ回過頭來望著我，臉上露出不可思議的表情，一切都像電影慢動作播放一般。他站起來走到我的面前，我們就這樣站在垃圾堆之中深深凝望著彼此，像純愛電影中，男女主角終於在最後一幕找到對方般那樣的表情，互相凝望著。

但是我並不是說「我愛你」，而是說，救救我。

TCFPQ，救我。

我們不發一語的緊緊擁抱住彼此，TCFPQ比我想像中還壯碩，我們很快脫去了彼此的衣服，開始在垃圾堆裡做起愛來。這是現在唯一可以做的事情了，四周溢滿了溼黏的空氣，我弄不清是整間屋子太燥熱還是他的背太溼，一切都好溼，我跟他的身體裡面都在下著大雨，滑溜得讓我得用盡力氣才能抓住，兩個人像是全身上下有什麼怪物要跑出來般，不斷在地板上翻滾扭動，互相用盡力氣拚命撞擊，身體的開關此刻卻不斷不斷的被打開，我放聲尖叫起來，像是整間公寓都在晃動，沒有關係的，我們只是在做一件早該做的事情。

很好，請繼續。

我的手繞過他的脖子伸向天花板攤開，掌心上有一個很明顯的紅印子，那是剛剛因為太過激動而掐出來的，紅紅的一塊，中間呈現小小的黑青色，紅黑的瘀血縮在我的手掌裡，扭曲的圓形，像極一個胎兒藏在裡面。

孩子，我想要一個孩子。漂亮的可愛的聽話的，皮膚白皙的鵝蛋臉，留著長長的頭髮我可以幫她綁麻花辮，然後手牽手帶她去上學。最好是跟我年紀不要差太多的一個女孩子，這樣我們講起話來才不會有代溝，我一定會做個開明的母親把她當朋友一樣聊天，聽她講很多很多的話。還有祕密，我會告訴她所有我能想得到的祕密，每天晚上我們都來玩真心話大冒險，我們交換彼此的祕密，就能更了解彼此，然後再也不會分開，多好多好，有一個孩子多好。

我想要生一個孩子，這樣她永遠不會離開我，那就算抽到鬼牌也無所謂了，妹妹，妳還記得那個時候發生的事嗎？

TCFPQ轉過頭來吻住我的嘴巴拚命吸吮，我閉上眼睛感覺像坐在一艘小船裡不斷漂流，這艘船要往哪裡去呢？

雨聲慢慢的淹沒了我們，終於什麼都再也看不見了。

※

我忘記自己到底過了幾天才離開他的房間，只知道睡了很久，肚子餓得很厲害，我打開TCFPQ的冰箱，想找一些可以吃的東西，裡面除了一些爛掉的水果以外什麼都沒有，我拿起一個軟爛出汁的蘋果啃起來，上面有著細小的綠色斑點，吃了應該很營養吧。

蘋果沒咬幾口就見了底，被我啃出最後的核，無力的癱在手裡，看起來像某種壞死的東西。我想起還留在房間裡的那個「ㄏㄜˊ」，它彷彿越長越大了，以穩定的速度成長著，不是錯覺，就跟蘋果一樣。只要核還在，就會繼續活著。

離開之前我把TCFPQ裝進那個箱子裡了，手腳安靜的疊放著，那個箱子簡直就像是為他量身準備的一樣，相當密合，他的眼睛沉沉閉上像是睡得很熟，我用力的將箱子蓋起來，從垃圾堆裡挖出封箱膠，自認溫柔的將箱子封牢。

這樣我就再也看不見他了，他本來就是個不該被看見的人。

還是要回去。

我慢慢往頂樓走去，妹妹，我會不會一開門就看見妳，然後妳罵我說：搞什麼這麼晚才回來。我會說對不起，我肚子好餓趕快煮飯來吃好不好？

門依然緊閉著，以屋子為圓心，一道道裂縫彷彿漣漪般擴散開來，兇猛的不留一絲餘地，它們仍然沒有放過我。我緩步往門口走去，伸手輕輕觸摸把手，握住了就再也放不開，可卻又無法輕易推門而入，就那樣望著。

無法進，又無法退，最後只能永遠停留在那裡。

妹妹，妳一定很難想像吧。我閉上眼睛低聲說。幾乎連自己的聲音都要消失了。還待在那個家裡的時候，妹妹，不知道有多少次，我在夜裡打開房門，光著腳丫踏上走廊地板，每踩一步都好冰冷，像現在這樣來到妳的門口，房門關得緊緊的，都已經伸手握住門把了，卻連一句也想不出可以對妳說的話，足以打開眼前這道門的話。

妹妹，等待的時間或長或短，全看我猶豫的程度，有時候幾分鐘，有時能這樣站上一個小時，但最後我還是狼狽的回到自己的床上，悶著頭等待天亮。想著下次吧，下次我就可以好好對妳說話了，就能像姊妹那樣說話了。妹妹，這些妳都不知道對吧，告訴我，橫在我們之間的到底是什麼呢？

如果沒有妳就好了。

妹妹，那個時候我轉過來望著妳，我知道妳一直跟在我後面，看著我買了大包小包的東西，要一次買齊旅行用品真是件困難的事，我實在不太清楚到底該帶些什麼，或許要維持生活其實沒想像中難，是我們都想得太不簡單了。妹妹，我離妳不過幾步的距離，彷彿都很不習慣的望著彼此。

「我們一起離開吧。」

我聽見自己的聲音，直到現在我還是記得清清楚楚，每一個字都艱難的在空氣中停留，妹妹，妳明白那代表的意思嗎？到一個陌生的地方存活，沒有人認識我們的地方，或許是永遠都天氣晴朗的地方，只要想就可以隨時看到海或山的地方。用勞力換取生活所需，跟很多人交換目光，而我們從來不曾認識。

可是妳還是離開我了。

我低下頭，從口袋裡掏出一枝鉛筆，筆尖已經被磨損了，有著鈍鈍的角還起了黑色的毛屑，我側身靠著門板，抬起手笨拙的在上面緩慢寫起字來。

妹妹。

我喃喃念著，用鉛筆大力的把那兩個字圈起來，字跡歪歪扭扭，拉出一條長長的箭頭，黑色的箭頭不斷往前拉長，拉得越來越遠。

妹妹，如果沒有妳就好了，如果沒有愛就好了，那也不需要努力去恨妳了，不管是哪一種都不夠，落到我最後只能悽慘的站在中間，無法進一步像個姊姊那樣，也不能乾脆恨妳如同陌生人，告訴我到底還能怎麼做呢？

我只好離開，只有離開。

這次失敗了沒有關係。我的手還握在冰涼的門把上不願放開，什麼力氣也沒有了，我靠著牆壁緩緩蹲下來，將頭埋進雙腿間。只是還沒有準備好而已，我們再去一個誰也不認識我們的地方，再重新開始我們的生活，這次一定可以的，就算那個時候妳拒絕了我，但只要努力練習都還來得及。

妹妹，只要我們願意，一切都可以再重來。

只要我們還是姊妹。

8

「好像是下雨了」

我□□□□
□□□□□□
□□？□□□□
□□□□，□□□□妳。

——刪除簡訊　Y／N

8

「好像是下雨了。」

直到那個時候她才明白，姊姊想要的不過就是「重來」這件事情而已。重來，重新開始，離開現在的自己，這樣一切都可以好轉，當事情已經敗壞到無法挽救的地步時，那必定是有什麼地方錯了，努力去找出錯誤沒有用，不過是件更累人的事而已，或許還會在過程中又受到傷害，太可怕了。還不如把臉別到一旁去，選擇另一個全新的世界，或另一個全新的自己。

她不知道在姊姊心裡，這樣的事情到底重複了幾次，只是她自己或許也在偷偷的期盼，期盼一切成真，一切可以重來。只是她的想像力太過貧乏，實在無法虛構出那個可能的「重來」會是什麼景象。

但現在一切都不可能了。

是她的錯，當姊姊終於要站在她面前好好說話的時候，可能是一句真心話或者其他，她們靠得那麼近，近得連呼吸聲都聽得清清楚楚，她想姊姊一定用上了所有的勇氣吧，好不容易，好不容易終於來到這一步。

是她害怕了。

姊姊離開之後偶爾會傳簡訊給她，以前還住在一起的時候，她從來沒有收過任何從姊姊那裡來的隻字片語，現在這樣反而讓她很不習慣。忘記一開始是怎麼收到的，總之就跟一些廣告簡訊夾在一起，她沒有姊姊的手機，所以一直不知道那是誰傳來的，只當是傳錯了。知道了以後反而覺得更加奇怪，就像一直以為不會叫的貓咪忽然叫了，還說起人話來。

她一直很疑惑為什麼姊姊會傳簡訊過來，「理由」，對，也稱作動機或原因，做任何事情都有理由的。一開始她想，姊姊或許是想回家但是拉不下臉來，畢竟是姊姊什麼也不說就忽然離開，所以才傳簡訊給她，希望透露一點自己在哪裡的訊息給家人，可是簡訊裡面什麼都沒講，連地址都沒有，有的時候只是忽如其來的一小段話或無意義的短句，還有什麼洗衣機注意事項，蘿蔔要煮不要炒之類，與其說是特別給她的簡訊，不如說更像是備忘錄，寫著生活裡發生的大小事情，有些看起來不錯，有些則看來很糟，但總是生活。

沒有理由，沒有動機，沒有原因。她回傳過簡訊卻總被退件，寄件夾裡塞滿了寄不出去的郵件，也試過回撥號碼過去，卻只是不停的響著響著，等到最後也沒有出現語音信箱，只有單調的鈴鈴聲，無邊無際，像站在空無一人的荒野大聲喊叫般，有時候實在受不了了，她就試圖對著那些鈴聲說話，說今天的天氣，說父親母親今天又做了什麼，講到最後總覺得自己很蠢，便掛掉了。

她曾經想過，如果姊姊真的拿起話筒，她要跟她說些什麼？說些「早安」或是「哈囉」之類的問候語嗎？但問候應該是對每天早上都會見面的人說的，所以她想，最適合她和姊姊的第一句話該是「好久不見」。

嘿，姊姊，好久不見。

但她從來沒有叫過姊姊這個稱呼，又顯得更矯情了。

好吧重來一次，所以正確答案應該是「嘿，舒婷，好久不見」。

她試著在嘴裡念了幾次，甚至拿了兩支手機出來，靠在耳旁試著念這句話，想知道如果透過話筒傳遞出來會變成什麼模樣，像演話劇般，試著用不同的腔調來詮釋這句話，有時候高有時候低，聽起來不太像是自己的聲音，乾乾的不帶感情，但用力的話或許又太做作了些。總之不管怎樣都好像怪怪的。有什麼不對勁的東西存在，還好姊姊也從來沒有把電話接起來過，這讓她稍微鬆了一口氣。

於是她把姊姊的電話存起來，在電話簿的顯示名稱是「張舒婷姊姊」，好像她還有其他很多姊姊一樣，但這兩個稱呼少了其中哪一個都很奇怪，只叫姊姊太不習慣，只寫名字又好像是隨便的甲乙丙丁。手機放在口袋裡，她不時會拿起來看一看摸一摸，打開郵件夾看那些簡訊，看見姊姊的名字時總有一種陌生感，像做了什麼虧心事一樣。

傳簡訊的時間都不太固定，有時候半夜有時則是清晨，不管怎樣，等她想起來的時候，好像就會有一則簡訊躺在那裡了，通常是一個月一封，有的時候兩個月一封，像只是好久不見的朋友偶爾的問候，雖然很陌生，但她慢慢喜歡上這種感覺，跟姊姊之間彷彿有種不可思議的親密感。

但最近卻忽然有點不一樣了，簡訊傳送來的速度比平常頻繁，漸漸從兩個月一封到一週兩封，而且間隔的時間越來越短，到最後幾乎是整天簡訊箱都嗶嗶嗶的叫個不停，直到擠爆信箱。她把每一封都點開來看，卻全是些亂碼，一大堆辨識不清或空白的文字，刪掉又馬上有簡訊湧進來，一樣全是毫無內容也沒有意義的，她努力把簡訊一個一個抄在紙上，想找出它們的規律性。不斷的連過來又連過去，最後整張紙變成一片黑。

但是沒有，字與字之間完全沒有原因的擠在一起，很無辜的被放在那裡，大量空白充斥其中，姊姊像忽然失去了說話的能力般，只能用這種方式來表達。

很像一個「什麼」，她想，這樣子的感覺就像是在求救了，拚命的要說什麼卻說不出來，文字是沒有意義的，有意義的只是「發出」這樣的動作而已。

姊姊在向她求救嗎？可是姊姊在哪裡？

她繼續拚命的按著手機，忽略掉那些沒有意義的簡訊，她想找回一開始正常的文字，那些像早上起床刷牙洗臉吃早餐一樣日常的句子。

她想找回姊姊，如果她變成姊姊的話，是不是就會明白一切？

她決定要張舒婷這個名字。

她決定要搬來這個房間。

她決定要把那些鉛筆字跡除去。

大概花了整整一個禮拜的時間，她把自己關在姊姊的房間裡，連課也不去上，不出門不做功課不跟別人聯絡，準備一些可以吃很久的食物和飲用水擺在角落，屋裡門窗緊閉非常的熱，為了避免弄髒，她把所有的衣物除去只剩內褲，頭髮高高綁起馬尾來，接著卯起勁拚命刷洗著整個房間。

那些細碎的鉛筆字跡，櫃子床鋪都搬開，床上蓋了一層防塵布以免弄髒，每一個抽屜都整個拉開來，裡面的東西用一個一個塑膠袋包好放在一旁，還要小心東西都不要弄亂，得保持原來的樣子，這樣以後才能完好無缺的放回去。光是整理就費了她一番功夫，旁邊放了兩桶水以便隨時替換，咕嘟咕嘟在水裡加入洗潔劑，搓出一堆泡泡。

她跪在地上開始擦，姊姊留下的痕跡實在太多了，原本以為只有牆壁，結果搬開櫃子，後面的縫隙也全部都是，滿滿的寫著字，箭頭交雜在一起，都不知道是在指什麼了。房間擺設改變後，所有的線索就都不見了，她一邊讀著字跡一邊用力的擦去，直到再也完全看不見，擦過的牆壁由灰色變回原先的米白色，這讓她相當開心，工作起來也更有勁了，好像生命中再也沒有比這些事情還重要似的拚命著，光是牆壁地板還不夠，她搬來梯子爬到天花板上去擦拭，天花板的字跡隱隱發著抖，但每個字都很清楚，不曉得姊姊到底是怎麼樣寫上去的。

沒有可以看時間的東西，屋裡門窗緊閉，所以也不知道早午晚，日夜不分之下肚子餓了她就停下來，坐在床上吃那些餅乾麵包，偶爾喝水，因為常常要跪在地上兩手兩腳並用，所以水分總是消耗得很快，幾乎每過一小時就要停下來休息且喝下一大瓶水，累了就倒頭睡在地板上。總是作很多夢，然後醒來什麼都不記得，爬起來繼續工作。

終於將所有字跡擦乾淨的那天來臨，只剩下天花板中央靠近燈泡的地方，最後一行字跡，細細的箭頭指向燈泡，她相當緊張的搬動梯子，正對那一行字的下方，就要結束了，她拿著乾淨的抹布爬上去，仔細的看著那兩個字。

所有被她擦掉的字句開始一一在腦袋裡浮現，因為這兩個字而重新排列組合，所有的一切都有意義了，她想尖叫卻一點聲音也發不出來，整個人像爆炸一樣從梯子上跌落地面，倒在房間正中央。

那些是故事，好多好多的聲音交錯在一起，她躺在地板上望著天花板的那一行字喃喃自語，那些字句交織成的情節不斷在她腦袋裡快速轉著，她從來不知道原來文字有那麼大的力量，幾乎將她逼得喘不過氣來，她跳起來在房間裡瘋狂的尋找著，想再找到一些鉛筆字跡，可是什麼都沒有，不可能會有的，她早就已經把一切都擦得乾乾淨淨，什麼都不留下。

那是姊姊期望的一切，用盡力氣所命名的一切，完整而龐大的世界在她腦中展演，她想要試圖去抓住一些什麼細節，可是已經來不及了。

在這個房間裡，張舒婷所創造出來的世界，會是什麼樣子的呢？

可惜她永遠也不會知道了。

※

姊姊轉過來，對她說：「舒涵，我們一起離開好不好？」

那天她早早就醒了，躺在床上盯著天花板發呆，時間就要到了，她緩慢的望著自己的房間，外面的陽光隔著窗戶發亮，身上蓋著的棉被很軟，軟得讓她完全不想起身，只是就這樣懶懶的賴在床上。

隔壁傳來輕輕轉開喇叭鎖的聲音，因為是相當老舊的房門了，所以到處會有奇怪的聲音，她聽著腳步聲軟軟的，走過來停在她的房門口，然後傳來略帶遲疑的「叩」、「叩」，接著越來越快，越來越急促，叩叩叩叩，像敲在她的心上一樣回音不斷，沒有停下來。

我們一起離開好不好？

她掀開棉被坐起來，光著腳輕輕踩過地板，陽光照在裸露的膝蓋上竟有股涼意，她站在自己的房門前抬頭望著，敲門聲仍然持續著，她知道姊姊就站在那裡，那麼近，隔著一層薄薄的門板，她可以清楚的聽到姊姊的呼吸聲，急促而壓抑的，那是預備開口說話的前奏，已經無法再等待下去了，她想自己應該馬上去拿行李，趕快打開門跟姊姊說：「久等了。」

可是她仍然一動也不動的站在那裡，接著聽見姊姊的聲音。

「舒涵，我們……」

一句話還沒說完，她伸出手用力握住門把，啪的一聲按下喇叭鎖。

是反射動作。後來她也只能不斷用反射動作這個理由來說服自己，說服自己不是故意的，不是因為害怕，不是因為說不出拒絕，只好在接受之前趕快阻止自己面對這件事，都不是。只是一種單純的反射動作而已，那其實是正確的，畢竟她們長達二十幾年都是這樣相處的，對她來說那才是標準的反應，所以不是錯的，也不是要逃避，而是應該的。

她吞吞口水，按下喇叭鎖的觸感還停留在指尖上，耳朵裡滿滿的都是那個聲音，簡直就像兇猛的按在心口那樣，好疼痛。她知道姊姊一定也聽到了，那個聲音太過強烈，以至於她好一會兒都像處在霧裡似的茫茫然，就那樣站在門口完全無法移動，房間裡的燈不知道什麼時候壞了，從前幾天起就再也不亮，她只得就著檯燈來寫功課，夜深了便眼睛疼痛，好像總有黑影在前面亂鑽亂蹦一樣，光線不足啊，她揉著眼睛這麼想，想著該換顆燈泡了，但卻從來沒有實際動作過，就像現在明明是早晨，四周卻依然暗著。

就算永遠都不會天亮也無所謂，她想。

外面再也沒有聲音了，她仍然繼續站在那裡，門的後面。她知道姊姊已經離開了，那不只是「啪嚓」一聲那麼簡單，那是她迴避的聲音，把眼睛用力閉起來不願去看的聲音，姊姊一定比任何人都清楚。

那是拒絕的聲音。

但並不是她願意的，不是有意的，她一直這麼努力跟在姊姊後面的，如果可以打開門就好了，好好的解釋她其實不是那麼堅決的，也是慌張且手足無措的，或許還有可以再商量的餘地啊，那個「拒絕」包含了很多其他的意思在裡面，聽起來很殘忍但是……並不是那樣的。

但她還是站在那裡，額頭輕輕向前抵住依然緊閉的房門，木頭的質地輕輕摩擦著她的皮膚，已經來不及了，有什麼東西慢慢從眼睛裡滑出來，像還沒說出口就斷掉的那個句子，沿著臉頰流成兩道冰涼的痕跡。

有些東西，按下去就會爆炸。

是她自己按下去的。

※

她不知道自己究竟躺了多久，姊姊的房間裡看不見任何光影流逝，模糊的影子在眼皮底下跳動，她微微睜開眼睛一臉茫然，水桶和抹布都還倒在腳邊，伸手一摸竟發覺還是溼的，有什麼人進來過嗎？她眨眨充滿霧氣的睫毛，仍然躺在房間地板上望著四周，全身都像溶解了似的疼痛，只聽見雨的聲音。

好像是下雨了。

滴滴答答，一旦注意到之後就無法假裝不存在，聲音越來越大，她感到臉頰異常的冰涼，她吃力的從地板上爬起來，看見雨從窗戶的細縫滲進房間裡，流成數十條不斷擴張的小河，滴滴答答，雨水把外面的一切都滴成模糊的倒影，包括她自己映在窗上的影子，也不斷的下著雨。

這裡是什麼地方呢？

她已經不認識這個房間了，一切都被清除得乾乾淨淨，家具或雜物都放在安穩的位置，每一個角落和柱子的邊緣都沒變，還是亮晶晶的米白色，這是一個全新的房間，只是彷彿已完全沒有任何意義了，雨還是不停的下著，地板溼成一片，她感覺自己正站在一艘行進中的船艙裡，海面的浪花不斷往身體裡拍打。

房門依然緊緊閉著，她站起來，移開靠在門邊的書櫃和椅子，伸手握住門把試著轉動，門很快就開了，輕易的讓她連驚訝都來不及，什麼聲音也沒有，她這時才發現要打開一道門，其實並沒有想像中那麼艱難。

她走出房間，看見姊姊就在那裡。

就在門的旁邊，她看見姊姊背靠著牆壁蹲坐著，臉趴在膝蓋上看不清表情，彷彿某種堅硬的動物蜷縮起來，駝著身體，雙手緊緊的扳著腳趾往內彎，頭髮散落在肩膀上覆蓋住部分裸露的皮膚，卻又那麼坦白。

原來姊姊一直在這裡，是她沒有發現，她們都沒有發現。

她從來沒有看過姊姊那個模樣，像是很難受似的不斷收攏全身，微微的發著抖，砰咚

砰咚，像一顆裸露的心臟，或許那才是她真正的樣子，

她朝姊姊走過去，就像什麼事都沒有發生過。

但她沒有要碰觸，只是那樣望著，如同她那些慣常的動作，她望著姊姊越縮越小的身子，姊姊，沒關係，妳已經不用再重來了，再等一下吧，我有好多好多的話要對你說。

她緩慢而溫柔的在姊姊旁邊坐下來。姊姊，在我有勇氣說出那些話以前，一定有不需要離開也能繼續活下去的方法，對不起，直到現在我才真正看見妳，姊姊，外面好像是下雨了，妳可以慢慢來沒關係，我們還有好多好多的時間。在這場雨下完之前，我都會繼續在這裡等待的。

後記　真心話大冒險 IX

故事發展到這個階段，小女孩當然已經不再那麼想念她的玩偶了。卡夫卡給了她另一樣東西，足以取代玩偶。三個星期結束時，那二十封信已經撫平了小女孩內心的傷痛。她擁有一個故事。當一個人有幸活在一個故事裡、生活在想像的世界裡，現實世界的傷痛就會消失。只要故事繼續進行，現實就不再存在。

——Paul Auster《The Brooklyn Follies》

又到了真心話大冒險的時間了，那就讓我們先來玩個默契遊戲吧。

不需要任何道具，你和另一個願意和你玩這遊戲的人對坐，想像你們之間有一道門，你在門外，他在門內，可能是一個牢靠且安穩的房間，你得運用各種機智反應進門，而門內的人必得死守這扇門，一切的行動都建立在言語上，讓你進門他就輸了，反之亦然。

於是可能會產生如此對話：「叩叩，可以開門嗎？」「不行喔，門鎖上了。」「可是裡面好像失火了耶。」「沒關係我這裡有滅火器！」「啊你窗戶沒關我要進去了。」「那個只是裝飾品啦不是窗戶」……

一來一往，招式盡出，看誰最能駁倒對方。簡單的兩人遊戲彷彿巨大的人生隱喻，你一定也曾如此努力打開過誰的房門，可能是你理所當然的贏了，得以登堂入室，但當也有人如此在你門外大聲嚷嚷時，你才猛然明白，所謂的那扇門，所謂的「房間」這回事，如果不是心裡有些什麼鬆動了，如果不是自願打開的話，誰也進不來。

我打開過許多人的房間。

有些人的房間沒有鑰匙，也有些人的房間門把只是裝飾品。有些人溫柔且慷慨的讓出房間一角容我借住，如我的朋友阿尼及蘇打綠，也有些人的房門總是不鎖，如那座東方小城裡MFA97的同學們，大方原諒我常常忘記敲門而擅自闖入。而我有時候也常常開錯門，胡亂闖進位於五樓或有壁爐的房間，但很快就發現原來裡面還有別人在，這裡並不屬於我，只能在離開之後決絕且暴烈的替他們上了鎖。而最重要的房間，莫過於耕莘寫作會四樓裡的寫作小屋，二〇〇六年的五月我打開了那扇門，在圍成圓圈的夥伴們中間擠了一個空位躺下，就再也離不開了。

然而更多時候，我絞盡腦汁的不是打開誰的房間，而是建造房間。寫作好像就是這麼一回事，以自己腳下那方土地為圓心，畫出半徑範圍並開始逐步加蓋，然而在打地基搭鷹架之前，我會先蹲下來挖出一個小洞，有時候深有時淺，全看那時的氣力而定，然後摸摸胸口，把「ㄏㄜˊ」埋進去。原諒我在這裡使用注音文，因為這玩意並不是只我獨有，它的名稱總是隨時變化，有些白爛傢伙會稱之為「梗」，有些詩人會喚作「靈光」，英文比較好的便說那是「idea」，而我所追隨且重視的師父，小說家許榮哲則毫不猶豫的直呼它為「黑暗之心」。

我建造過各種不同的房間，有時是詩，有時是散文，然而令我著迷不已且持續建造的始終都是小說，書寫是孤獨的，也是必須的，更是我所渴望的。每次單獨待在房間裡與那些故事情節搏鬥時，我總是忍不住覺得自己就像個怪物一樣，一邊望著牆面一邊喃喃自語：「再精采一點。」「再好看一點。」「高潮呢，爆點在哪裡？小說之神啊（如果有的話）請賜給我爆點嘰呀波……」是的，這是一件多麼痛苦，也多麼快樂的事。

我也常常和房間對話，就像那個兩人的默契遊戲，有時我在裡面抑或外頭，反覆推敲它究竟想長成什麼模樣，願不願意讓我進門？有些房間常常告訴我，它想長得更巨大更兇猛一點，最好足以覆蓋現實的世界，足以遮蔽整顆星球，於是我寫了長篇小說，直到現在我還是不太清楚，究竟是房間這麼告訴我，還是我自己想要變得更巨大兇猛？唯一可以確定的是，我應該會繼續抱著這樣的想像書寫下去。

或許，我只是希望能有更多人，願意前來打開我的房間。

有些人的確這麼做了，帶著專業的眼光仔細審查房間佈置或格局，如我的戰友宥勳、崇凱、嘉澤。然而更專業的永遠是前輩們，協助我修正所疏忽的那些缺失與不足之處，感謝榮哲、儀婷、翊峰、鈞堯大哥、鄭穎老師、劉克襄老師以及李永平老師，如果我能夠順利建造房間而不至於倒塌，那都是因為遇見了你們的緣故。以及願意傾聽我、相信我的房間是值得被看見的亞君姐與純玲姐。

回到此刻，當我坐在地板上，抬頭望著即將成形的《少女核》時，就會想起在花蓮的那個晚上，我被困在好不容易蓋好的房間裡找不到出口，沒有門，這是一個多麼糟糕的問題，正當我焦慮不已的時候，是K願意放下手邊的報告與作業，前來陪我玩一場真心話大冒險。

「妳的小說到底要說什麼？想要講什麼故事？」

「呃，就是一個不能愛但也無法恨，最後只好逃跑的故事……」

「那妳的『愛』到底是什麼？」

「呃，愛……」

「我問妳，如果妳妹妹就站在妳面前，妳最想跟她說的一句話是什麼？」

然後，門就打開了，如此輕易。

K站在門口一臉無奈，看著哭得很醜的我。是的，我將名為「愛」的門藏在房間更深處的位置裡，原來到了這一步還想逃避啊，謝謝K，謝謝我的同學陳金聖，讓我在最後一步找到了門。

謝謝我的家人與朋友，謝謝寶瓶文化，謝謝中國文化大學文藝系，東華大學創英所和耕莘青年寫作會，以及我所打開過的每一個房間。

謝謝我的妹妹。即使如今我還是不太清楚妳的房間究竟長成什麼模樣，想必妳也不清楚我的，但如果可以，我希望這本書能夠成為一道門。

謝謝願意打開這間房間的你。

國家圖書館預行編目資料

少女核／神小風著. --初版. --臺北市:寶瓶文化, 2010. 10
面；　公分. --(island；128)
ISBN 978-986-6249-25-9（平裝）

857.7　　　　　　　　99016072

寶瓶
AQUARIUS

island 128

少女核

作者／神小風

發行人／張寶琴
社長兼總編輯／朱亞君
主編／張純玲・簡伊玲
編輯／施怡年
美術主編／林慧雯
校對／張純玲・陳佩伶・余素維・神小風
企劃副理／蘇靜玲
業務經理／盧金城
財務主任／歐素琪　業務助理／林裕翔
出版者／寶瓶文化事業有限公司
地址／台北市110信義區基隆路一段180號8樓
電話／(02)27494988　傳真／(02)27495072
郵政劃撥／19446403　寶瓶文化事業有限公司
印刷廠／世和印製企業有限公司
總經銷／大和書報圖書股份有限公司　電話／(02)89902588
地址／台北縣五股工業區五工五路2號　傳真／(02)22997900
E-mail／aquarius@udngroup.com

法律顧問／理律法律事務所陳長文律師、蔣大中律師
如有破損或裝訂錯誤，請寄回本公司更換
著作完成日期／二〇一〇年七月
初版一刷日期／二〇一〇年十月
初版二刷日期／二〇一〇年十月一日
ISBN／978-986-6249-25-9
定價／二七〇元

AQUARIUS 寶瓶文化事業

愛書人卡

感謝您熱心的為我們填寫，
對您的意見，我們會認真的加以參考，
希望寶瓶文化推出的每一本書，都能得到您的肯定與永遠的支持。

系列：Island128　**書名：少女核**

1. 姓名：＿＿＿＿＿＿＿＿　性別：□男　□女
2. 生日：＿＿＿年＿＿＿月＿＿＿日
3. 教育程度：□大學以上　□大學　□專科　□高中、高職　□高中職以下
4. 職業：＿＿＿＿＿＿＿
5. 聯絡地址：＿＿＿＿＿＿＿＿＿＿＿＿＿＿＿＿＿＿＿＿

   聯絡電話：＿＿＿＿＿＿＿＿　手機：＿＿＿＿＿＿＿＿
6. E-mail信箱：＿＿＿＿＿＿＿＿＿＿＿＿＿＿＿

   □同意　□不同意　免費獲得寶瓶文化叢書訊息
7. 購買日期：＿＿＿ 年 ＿＿＿ 月 ＿＿＿日
8. 您得知本書的管道：□報紙／雜誌　□電視／電台　□親友介紹　□逛書店　□網路

   □傳單／海報　□廣告　□其他
9. 您在哪裡買到本書：□書店，店名＿＿＿＿＿＿　□劃撥　□現場活動　□贈書

   □網路購書，網站名稱：＿＿＿＿＿＿＿　□其他＿＿＿＿＿＿
10. 對本書的建議：（請填代號　1.滿意　2.尚可　3.再改進，請提供意見）

    內容：＿＿＿＿＿＿＿＿＿＿＿＿

    封面：＿＿＿＿＿＿＿＿＿＿＿＿

    編排：＿＿＿＿＿＿＿＿＿＿＿＿

    其他：＿＿＿＿＿＿＿＿＿＿＿＿

    綜合意見：＿＿＿＿＿＿＿＿＿＿＿＿＿＿＿＿＿＿＿＿＿＿＿＿
11. 希望我們未來出版哪一類的書籍：＿＿＿＿＿＿＿＿＿＿＿＿＿＿＿

讓文字與書寫的聲音大鳴大放

寶瓶文化事業有限公司

（請沿此虛線剪下）

廣　告　回　函
北區郵政管理局登記
證北台字15345號
免貼郵票

寶瓶文化事業有限公司　收

110台北市信義區基隆路一段180號8樓

8F,180 KEELUNG RD.,SEC.1,

TAIPEI.(110)TAIWAN R.O.C.

（請沿虛線對折後寄回，謝謝）